长江新创意设计丛书（3）

主　编：靳埭强

副主编：韩　然

广告摄影

——

被　消　费　的　视　觉

余　源　编著

安徽美术出版社

图书在版编目（ＣＩＰ）数据

广告摄影——被消费的视觉／余源编著.—合肥：安徽美术出版社，2008.5
（长江新创意设计丛书／靳埭强主编）
　ISBN 978-7-5398-1822-1

Ⅰ.广… Ⅱ.余… Ⅲ.广告－摄影艺术 Ⅳ.J412.9

中国版本图书馆CIP数据核字（2008）第025866号

丛书策划：曾昭勇　张李松
责任编辑：张李松

主　编：靳埭强
副主编：韩　然

长江新创意设计丛书(3)
广告摄影——被消费的视觉　　　　　　余源 编著

安徽美术出版社出版发行
（合肥市政务文化新区圣泉路1118号
出版传媒广场十四层　　邮编：230071）
安徽美术出版社网址：*http://www.ahmscbs.com*
全国新华书店经销
合肥市银联彩色印务有限责任公司印刷
开本：787×1092 1/16 印张：12.5
2008年5月第1版
2008年5月第1次印刷
ISBN 978-7-5398-1822-1　　　　　定价：54.00元
若发现印装质量问题影响阅读，请与承印厂联系调换。

文 ｜ 靳埭强

当今我国以自主创新作为建设创意大国的国策，改革艺术与设计教育是重要的工作。自从我国推行改革开放路线以来，经济改革成就显著，现代设计教育得以发展，在20年间迅速地进步，成功地从工艺美术改变为设计专业教育。但可能是发展过急，欠缺充足的时间与长远的策划，没有按部就班地进行实验与实践，设计教育还是重技艺而轻创意，沦为一种短视的职业训练。近十年来，这种设计教育无限地膨胀，全国大专院校无一不开办设计课程，疯狂扩招，争相建造堂皇的教学殿堂，热衷于引进新科技硬件；基础课程停留在上世纪80年代的模式，师资难求，大部分教师缺乏专业实践，难以向学生传授专业经验。这种现象是我国创意教育大危机的预兆。

2003年，我受李嘉诚基金会的邀请，在汕头大学将原艺术学院改革为长江艺术与设计学院，并任职院长。我们希望在现今艺术与设计学院教育的环境中大胆实验，办一所与众不同的学院，为设计教育再改革投石问路；若能引起同道关注，一起添砖加瓦，既可为我们创意事业尽一分心力，也可圆我人生事业上一个梦想。

长江艺术与设计学院办学宗旨是以中国文化为本，以国际先进新观念为基础，以具前瞻性的视野，开放的态度，跨领域的学习，培养能心手合一的创意人才。我们致力改革专业方向，调整学科结构，重新编写课程大纲，增强教学队伍，提升原师资创新观念，研发实验性课程，变老师是主导为师生互动研习。拒绝标准答案，培养独立思辨能力，使学生成为具有自主创新能力的人才。

我们经过实验实践，已取得一点成果。个别老师亦积极地总结自己的教学心得，编写专论。这套《长江新创意设计丛书》集中了我们的教研成果，作为长期出版计划，将逐年出版汇成书系，包括新课程的实验、专业教学的论述和硕士生专题研究等题材。我们无意编一套教科书，或建立一个新标准；相反，我们只想从新的角度探索不同的教学与研究课题，希望能引起更多更新的教学实验，努力在陈旧的体制内寻求突破。更希望同道先驱向我们提出宝贵意见，对创意设计教育事业支持鼓励。我衷心向付出过努力的我院师生和出版该丛书的安徽美术出版社致以谢意。

2007年11月汕头大学长江艺术与设计学院

文 | 杭 间

2003年上半年，在北京"非典"最严重的时候，靳埭强先生带着助手郭咏茵小姐来到北京，住在已经门庭冷落、客人寥寥的和平饭店。他此行的目的只有一个，要说服清华校方同意将我借调至汕头大学担任长江设计学院的副院长，协助他推进新的设计教学改革。

尽管有许多困难，但靳先生的诚心不仅打动了我也感动了清华大学和美术学院的领导，借调一事终于得以在校务会上通过。8月，我来到了风景优美的汕大，在桑浦山边日月湖畔安顿了下来，开始了我在汕大的生活。

此时，汕大已经有了冠以"长江"字头的三个学院：传播、商学、艺术与设计，之所以有"长江"两字，是因为李嘉诚基金会对汕大的教育投入由单纯的经费投入变为更多地参与管理的方式，以此来推动汕大教学的国际化改革思路。有"长江"字头的学院，正是率先实行新体制的教学单位。他们聘请了一批国际上有影响的才俊之士来到汕大，一时汕大众贤毕集。

长江艺术与设计学院的院长是靳埭强先生，副院长是著名世界设计史研究家王受之先生和我，我负责科研和日常工作。学院还有一个阵容颇为强大的顾问团，其中有著名文化人、香港"进念二十面体"的荣念曾、胡恩威，香港设计中心董事局主席刘小康，香港理工大学副校长梁天培，等等。这个顾问团与内地荣誉性质的顾问有很大的区别，因为一年四次以上的顾问会决定的是学院的大政方针，在我看来，顾问团实际上是学院的"常务委员会"。"长江"机制的学院还有一个最值得一提的地方是其所设的"行政总监制"，职权介于内地的行政副院长和办公室主任之间，但是又有所不同，他的工作直接受命于院长，在贯彻学院决定的时候有全权，比办公室主任管得多，从而决定了良好的行政效力。第一任行政总监是现在上海音乐学院艺术管理系系主任的郑新文先生，他也是位香港人，有丰富的艺术管理经验。我们的合作，真是非常愉快。我回到北京度假时，面对朋友对于行政辛苦的关心问候，常常会心生自满，其实这都是得益于"行政总监制"的有效。

但汕大毕竟在汕头，作为一个偏于一隅的、年轻的大学，体制上的理念改革不可能解决所有问题，如何衔接和过渡性发展，是一个学院既要展开正常办学又要逐步提高的关键。学院采取了两步走的方针：首先，在教育理念上强力推进以中华文化为本、心手相应的、具有国际视野的新的教学模式。为此，学院约请了许多国际一流的师资撰写新的教学方案，建构一个全新的艺术和设计教育体系。第二步是引进师资和提升原有师资同时并进，高校扩招以来对优秀师资的需求量大增和教育部本科教学评估推行后对优秀人才的流动和促进，几乎是同时开始的。人才难求众所共知，虽然汕大有李嘉诚基金会的支持，在人才引进的待遇方面具有优势，但在全国高等教育的人才战略烽烟四起的形势下，汕大在地理环境上并不具备优势。因此，在积极引进的同时，如何提升原有的师资不仅是保证教学正常展开的关键，也是关系到整个教学改革成败的关键，因为，这样一批教师毕竟是学院教学的中坚力量。

学院采取了很多措施来解决这个问题。除了充分信任这些在校工作多年的教师，同时还请来新课程设计者与他们一起座谈讨论，沟通交流教学理念，组织他们到香港著名高校去考察，参加学术活动，开阔他们的视野，就这样，学院在每一门课上均着力推行提升。四年过去了，教师和学生均从中感受到教学改革带来的成果。

　　这一套丛书，就是这些成果的反映。回想三年前，我和韩然、武祥永、余源三位老师开始议论着要做这套书的时候，心里虽然期待但却是不安的，因为要完整反映学院改革新思路的著作，需要时间的沉淀。丛书后来得到靳院长的支持，并将他的著作加入。随着时间的推移，丛书一步步成型，现在终于要出版她的第一批，我的喜悦心情是难以形容的。

　　于是写下以上的文字，权当序吧！

2007年12月16日于清华园

目录

第一章 ， 摄影的视觉

第一节. 摄影的产生对视觉艺术的冲击

　　翻开人类的艺术史我们知道，由不同的种族贡献出的千姿百态的辉煌画面，在我们的眼中缔造出这世界上每一个民族骄傲的过去。在这众多如繁星般的历史画面之中，我们可以目睹到东方、西方、中东、非洲、印地安等等诸多不同文化的风貌，追求表现现实生活的，描绘未知冥界的，关注表现精神世界的，等等，同一个世界中的文化艺术竟有如此多的不同。但从另一个角度去观察，我们就会发觉，这所有的艺术形式都在尽其所能地描绘"自然"。由于地域的差别、气候的差别、物产的差别养育出文化的差别，才令被描绘的"自然"有了这样那样的"形式"区别，并且形成不尽相同的乃至有些迥异的文化体。而不同的文化体的文化表征都不约而同地选择了以"可见"之物作为他们表现观念的语汇，即便是天空中的行星也会被冠以地球上物种的名字（如星座说、星宿说）。我们身处的"世界"（自然）就是我们人类的文化艺术表现的语汇资源，区别只是不同描绘的方式、方法以及期望与祈盼。但是这一切随着1580年一个可以通过小孔记录景物的盒子的出现，逐渐改变了。这一新事物的影响首先体现在欧洲的绘画领域。"在西方的艺术中，绘画总是画在建筑的顶部……随着暗箱的出现，在画架上作画也盛行起来。"（霍克尼）此时的暗箱还不是现代意义上的摄影，但是其基本原理是一样的，直至今日也未改变。

现代摄影术要从1839年法国人达盖尔（Daguerre）发明银版法算起，因为银版法使得"暗箱"所得到的物像能够长时间稳定地保留在可视平面上。当时在为庆祝摄影诞生的一次晚宴上，著名画家德拉罗士（Paul DELAROCHE）院士即席发表讲演，他的中心议题是："从今天起，绘画艺术死亡了，而摄影术诞生了。"此一宣言式的结论虽有武断之嫌，但在当时的情形下不无道理。描绘摹仿自然始终是当时的艺术主流，摄影毫无疑问地在如实反映自然世界这一方面拥有着绘画所不具备的得天独厚的条件。

摄影术在经过百多年的发展之后，呈现给我们的不仅是设备上繁多的品牌，设计制造精密的机械与光学、化学成就，同时给予我们的还有审视世界时的另一双"眼睛"。以前一直是绘画承担着这部分的责任。我们在欣赏传统意义上的绘画作品时，在每一个特定的平面中形象是必然具备的条件，也许是树木，也许是人物，也许是动物，等等，当然还包括技巧、色彩、情感等等其他元素。除了在欣赏品评画作的种种令人感动、赞叹的元素之外，从另外一个角度去观察会发现，画作所呈现出的篇幅（平方尺度）以及人欣赏画作时的距离之间，潜藏着一种物理性的"距离规律"。画面相对较小时这一"距离"就会短，画幅大时则"距离"就会增大。并且画面大小与画中形象的大小之间，也存在着一种规律性的比例关系。如图1是一幅摄影图片，我们看了是否觉得这是个令人

图1 学生作品

愉快的视觉感受呢？作为一幅平面的图，它是不是显得过于饱满了？这一"规律"体现出的是：画师作画时自身的眼睛和画中形象要保持一定的距离，这一距离是有利于画师掌握表达整幅画的形态、色彩、空间等要素的。不论是恢宏的历史场面还是一堆静物，抑或是肖像作品，画面中的形象总是要和画幅之间保持"一定"（合适）的大小比例关系（如图2），这一大小比例维持在绘画工具可以表达细节，并能够令眼睛观察到的比例范围内。画作中形象的大小比例要符合观赏者以及绘画者眼睛实际观察的需要。而画面形象的大小比例透射出的是眼睛与被关注对象间的距离，而这一"距离"既被掌握在画师的头脑中，同时也是观赏者眼中接受的"距离"。而摄影术的诞生改变了这一延续了几千年的默契，人类视觉艺术的创作与欣赏的规律——视觉与对象间的常态。我们借助摄影可以看到较之绘画更细节的世界，也可以看到比绘画（传统）更宏伟壮观的场面，可以了解到细菌和微生物的本来面目（如图3），也可以感受到宇宙太空的浩瀚之美（如图4），可以体味到人体运动瞬间之美（如图5），同时也可以目睹地球另一端灾难发生时的惨烈（如图6），等等。这一切如果通过传统绘画艺术家的颜料与笔来表达，充其量也只能是接近事实，而摄影所提供的是"完全"的事实，虽然它还不能使得我们了解"这一瞬"的前因后果，但我们有理由相信，摄影是一门超越"距离"和"极限"的艺术，它令人类的视觉得到巨大的延伸，同时也引领人类重新审视我们生活的地球与宇宙。

图2 桃花坞木版年画

图4 THE STOCK SOLUTION

图5 HOWARD SCHATZ

图6 DMITRID BALTERMANTS

第二节. 摄影的眼睛和距离

　　意图学习某种专业摄影，对于〝眼睛〞和〝距离〞必然需要一种有别于常人的理解和习惯。这里所提的〝眼睛〞并非单纯指我们生理上的眼睛，而更多的是指我们在准备进行摄影时头脑中的〝眼睛〞，也就是需要养成具有专业化的视觉观察习惯。摄影对于生活在今日社会中的人来说并不陌生，照相机已经是非常普通的家庭消费品（尤其是到了数码时代），操作相机也不像早期摄影那样，有那么多复杂的设备条件要求与技术性操作要求。但是作为专业摄影，本质上还是与寻常生活中的摄影有着很大的不同，这一区别首先就在于〝眼睛〞的不同。日常生活中纪念性摄影有些相似于前面提到的关于传统绘画时的那样的视觉习惯，这一视觉习惯体现在人生理上就是，眼睛维持在可以兼顾物体整体形态与细节基本可辨的范围间。这实际上是我们在生活中辨别事物的一种符合视觉生理的距离。而一双属于专业摄影的〝眼睛〞，仅依靠人的生理反应是远远不够的。摄影术所提供出的可能性完全超越以往视觉艺术史所提供的欣赏经验。作为一种表达再现自然界最直接的工具（截止到目前），有必要在使用它时尽可能多地发掘出自然世界在各种角度存在的美和信息，从而令我们对现实世界有更全面的认知。找出最恰当，或者最独特的（相对以往的视觉经历或习惯）表现物质世界的角度，就显得尤其重要。〝距离〞是我们人类了解、识别、判断周遭事物的物理条件，观察事物的习惯性距离是生理和长期接受教育（社会、家庭、学校）的结果，作为一种专业化的，以视觉观察为工作基点的行业，首先需要摆脱此前养成的观察习惯，和基于这种观察建立起的对物质世界的认知概念。

今天的摄影除了日常家庭性的摄影和有专业色彩的搜集资料（如设计）或记录性（如考古、地质等）摄影之外，基本上都属专业摄影范畴。所谓"专业"，都需依附于它的服务对象，比如：服装摄影、新闻摄影、运动摄影、艺术摄影、风光摄影，等等。首先是这个行业的存在，才谈得到与它相关的辅助行业。因为所依附的对象不同，随之而来的视觉表达形式要求也不同，如构图、光线、趣味，等等，从而形成了专业摄影中的不同领域。新闻摄影关注的是某时某地发生的事件以及与之相关的人与物。这就要求拍出的画面要能够反映出这一事件的现场状况，一个恰当的拍摄距离（与事件的规模相称）是必不可少的基本条件。服装摄影是时尚感非常强烈的行业，服装的款式、色彩及面料和设计的细节，包括发式、配饰等，都是非常重要的标志性的局部，因此"它"的摄影，首先要保证可以反映出这些特质。当然，片面细节化或者过于求全都可能有损于服装本身的信息传递。以此类推，每一个行业或专业圈的摄影都必然在图面上留有专属特性的视觉痕迹，我们若抛开"专"的特征抽取出具有中立性的特性，那么反映出的就是距离。我在长时间从事摄影教学的过程中发现，许多学生在操作照相机时，不自觉地会以各自本能的视觉习惯作为自己摄影时的视觉选择。实际上他们都是设计专业的学生，已经接受过几年的视觉设计训练，照此推断他们应该在拍摄时具有更多摄影的专业感（与非专业人士比较），但实际情况并不像估计的那样。由此也可以体会到习惯性视觉的力量是多么强大。依照这种视角拍摄的结果是很难达到理想效果的（专业角度），而自己却又往往察觉、体会不出问题所在，拍摄出来的效果只能以平淡来给予评价。改变这一状况，首先需要做到的就是，像著名的战地摄影家罗卜特·卡帕所说的："如果你拍不到好照片是因为你离得不够近。"虽然此话当时是针对战地摄影而言的，但是它同样适用于很多专业性摄影中。

从来不曾有过一种艺术形式像摄影一样，能够为我们揭示出生命体和非生命体最真实的现实状态。透过影像的方式我们可以观察到植物的叶子有如此精妙的网状结构（如图7），

图7 SAN FRANCISCO, CALIFORNIA

可以清晰体会到雏鹰一天天长大的曼妙过程（如图8），相类似的视觉体验在今天数不胜数。借助摄影这一媒体，人类可

图8 WITNESS-ENDANGERED SPECIES OF NORTH AMERICA

以重新认识自己生活的世界，相应的传统的视觉价值观也将面临重构。美国浪漫主义诗人惠特曼说："我毫不怀疑这个世界的崇高和美就蕴藏在这世界的每一个角落……我毫不怀疑在琐事、昆虫、凡人、奴隶、侏儒、莠草（狗尾草）、废弃的垃圾中有着远比我想象的多得多的崇高和美……"（惠特曼的《草叶集》一度是美国摄影界的指导性文集），这并非"新美学"的《圣经》。今天图片（照片）呈爆炸性的生产速度使我们的眼睛审视事物的新鲜感以及探询的意愿都在逐步衰减，疲惫与排斥在今天对于视觉是难以避免的，虽然这富于激情的展望很难能够被今天的人们完全接受，但是这段话对于今天的人类审美观是有预言性的。现实中，我们不再会以希腊雕塑阿芙罗狄特或者蒙娜丽莎的微笑作为美的衡量标准了，并且今天的受众在视觉感受需求上也并非以是否美来作为唯一的要求。在提倡多元化的今天，被知道和了解是最基本的前提，其次才有接受、认同、喜欢等其他更深入的审美体验。而人们获取信息最直接的渠道就是透过影像。

从另一个角度来看，摄影对视觉审美的贡献就在于，既能够为视觉提供特定时空中的现实存在，同时也把蕴藏在这一存在内的有关消费、审美、事件等等信息传导出来。这两方面似乎绘画也可做到，但是在"**纪实性**"方面，摄影却是大大超越了之前的所有艺术形式，万物瞬间之中的姿态以及变化在摄影这里得到了淋漓尽致的体现。摄影这一新方式除了再现现实的天然优势之外，还提供出一种人类表现自我的新语汇。因为它的特点，使得以它为语言的视觉表达方法有别于以往的视觉艺术形式。准备进行摄影了吗？那么首先把自己的"眼睛"准备好吧。

注：纪实，《现代汉语词典》的解释为：记录真实情况。在当前的摄影类别中有一种以反映事件或个人为主题的、报导性的拍摄方式被称为"纪实摄影"。这里提及这一词汇只关注：对存在的真实状况记录。

第二章 广告摄影的视界

图9 □
ADVERTI

图10 □
MANNAR

图11 ADVERTISING

图12 ADVERTISING

广告是我们目前现实生活中太熟悉的一个事物，甚至在很多时候是令我们厌烦的对象。在电视中、在各种刊物报纸中、在公路上、在公共场所、在网页中，等等，只要是公众媒体就无法规避广告置身其中的现实。伴随着广告的往往是各种类型的影像，有完全意义上的影像，也有以影像作为基础变化而来的图像。若是从为广告所使用的摄影成品去观察，我们就会发觉，几乎没有什么摄影类别的图片不可以为广告所用，诸如建筑摄影、服装摄影、肖像摄影、风光摄影、运动摄影、静物摄影等甚至新闻摄影（如图9至图12）。当然，这也并不是在摄影和广告之间画上等号。摄影被广泛应用于广告设计最重要的原因就在于，它够直观。这可以使受众群体在极短的时间内了解产品的型貌、质量、功能等信息，也可以在第一时间获悉商家新的推销方法、感知商家的形象等。由此是不是可以下结论说"只要服务于广告的摄影，就是广告摄影"呢？如果我们从图片画面形式感的角度去体会一下"广告摄影"这一概念的内涵与外延，就会发觉不尽然，被广告使用的摄影与广告意念指导下的摄影是有所不同的。被广告采用的摄影影像，拍摄时本意上并不在意"广告"的存在与要求，它们之所以在媒体上为广告代言完全是广告设计师或者广告创意者选择决定的结果。换句话说，此时的拍摄行为只是为了达到广告创意本身所采取的一种手段或者辅助工具而已，是广告内容的一部分。而基于广告本身要求的摄影行为，却从始至终都围绕着具体广告的目的来展开工作的。所以两种都在"广告"着的照片之间还是有着本质的不同。即便是当前的广告摄影，在画面构成形式上也包含了许多形式上看起来相互矛盾的、影像归属并不很明确的案例。比如广告的主体影像效果有时极致清晰、有时却形象模糊，广告的对象有时非常明确、有时又不很明确，等等。单凭对"广告摄影"这一词汇文字方面的理解，是很难让我们明了广告摄影现实中的种种现象，以及在进行学习时要做什么和如何去做。

首先需要明确广告在今天是一种服务性产业，是传达讯息的新产业。广告已经并非是什么"新"概念了，但是这个产业所依赖的物质基础在我们这里还很薄弱，社会认知还处于成长过程中，不单是信息的消费群体，还包括信息的制作和发布者。自然，广告摄影师也身在其中。我们正处于信息网络蓬勃发展的时代，在流行观念中有"地球村"的概念，但是我们可以回想一下在电脑网络刚刚起步时，我们是否能够想象今天的生活状态呢？我们今天是否可以想象十年后的生活？环境决定人们对同一事物的不同理解，同样是广告、同样是广告摄影，我们的理解受限于我们目前的生活感受。因此首先要了解广告摄影的根本目的是什么，那就是它的服务性。

从事具有创作性质的工作，难免会不自觉地更注重自我的表现，而创作者的意图与使用者的需要之间往往会出现相左的现象。提醒这一点是希望在面对现实拍摄时，避免因为原点（信息意图）理解上的偏差导致的周折与损失。就某个个体广告而言，拍摄者也是在信息主体与受众之间的架设桥梁的人。桥梁本身随着服务对象团体（信息所有者）的不同、受众群体的不同，呈现出的面貌也会随之而改变。从广告内容类型上大致可分为公益类广告、商业类广告两大部分。而公益类广告当中就有政府公益广告、社会团体公益广告。商业广告又可划分出商品广告、企业形象广告、销售现场广告，等等。如果继续以不同的角度加以细分还会有很多。这里要关注的是与摄影联系更为密切的商业性的商品广告。

商品的概念在我们的生活中体现为什么呢？哪些东西被称为商品呢？环顾四周我们会发现它关联到我们生活的每个

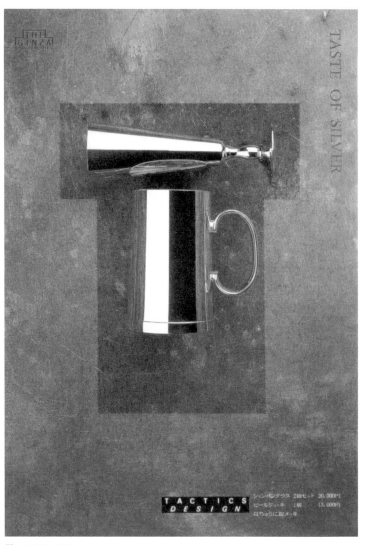

图13 KAZUAKI MURAI

侧面：衣、食、住、行。这几乎是一个可称为"商品的海
洋"的世界。面对这样一个涵盖广泛的拍摄对象群体，作为
一个初学者该从什么具体的对象着手来展开呢？固然外观的
时尚感、美感会更具吸引力，但不必过于苛求拍摄对象的外
貌、结构、肌理、色彩等条件。因为有时客体上的不足（视
觉审美）恰好是需要拍摄者运用创意和技巧去完善的机会。
如图13、图14中的产品本身造型美吗？恐怕谈不上。高水平

的广告摄影往往表现在把常人认为普通，甚至带有明显弱点的
商品拍出特别的美来，也就是我们常说的"味道"，从而引发
消费行为。

第一节. 如何理解广告摄影

（一） 制造出精美

如果说电影是制造梦幻的工厂，那么商品广告摄影就是在合情理地〝造美〞——制作具有真实感的虚幻之美。在消费中没有人希望自己花钱购买的东西是劣质的、不精美的、不新鲜的。被消费的商品本身的物理属性是人们关注焦点之一，其次商品的价值不仅仅是被消费，同时也是消费个体心理需求的体现。可是就目前的制造业生产出的产品来看，大多的商品在同类产品中很难能够明确得出优与劣的分别（伪劣产品除外），这就是目前产品呈现出的所谓〝同质化〞现象。既然产品的质量在比对中无法得出结论，那么，让它看起来更美好、更令人信服、更具有亲和力以及更具有个性，就成为商家对广告的要求，这也是对广告摄影师最基本的要求。正如郑板桥在题画《竹》时写的：〝江馆清秋，晨起看竹，烟光、日影、雾气，皆浮动于疏枝密叶之间。胸中勃勃，遂有画意。其实胸中之竹，并不是眼中之竹也。因而磨墨、展纸、落笔，倏作变相，手中之竹，又不是胸中之竹也。〞商品广告摄影既是对产品的一种〝包装〞，也是第二次创造。

不要把对产品进行装饰美化理解为欺诈。如今早已不再是〝酒香不怕巷子深〞的年代，市场运作机制的日益完善导致商品之间的竞争也日趋激烈，同级别的商品之间质的差别减少。这时，感官上看起来更〝美〞更具有〝个性〞的商品无疑更具有优势。如图15中的小糕饼应是日常中很普通的小食品，我们可以和我们概念中的形象对照一下。以〝貌〞取〝物〞本来就是人追求美的本能的体现，因此，展示商品〝美好〞的一面，便也成为合情又合理的要求了。

图15 TOSHIYUKI KOJIMA

镜头，尤其是解像力卓越的镜头，就像可以洞穿一切的眼睛，产品的任何瑕疵都会被显现和放大，特别是对于反光、透光的物体尤其明显。类镜面金属制品上的一个指纹，玻璃上的一个气泡，透明纸上的一个计划外的微小褶皱等等（如图16至图19），这些在相机的取景框里不易察觉的细节，都可能成为广告图片无可挽回的硬伤。这一点，商品广告摄影与新闻摄影、纪实性摄影是背道而驰的，它不是要求完全的〝真实〞，而是要尽可能令〝它〞更完美。这是我们在进入这一行当之前，首先要明确的。尽可能选择没有缺陷

图16 KOSE CORPORATION | 图17 KARAAGENI NANBANZU
图18 GATSBY SHOWER FRESH | 图19 OTSUKA PHARMACEUT ICAL CO,.LTD

的商品，构建符合自己意图、意象的烘托空间，这就算是基本符合了要求。下来要做的，就是锦上添花，令产品生动起来，所谓赋予商品以"生命"。正常状态中如何让物品有"生命"呢？我们的文本艺术中的"拟人化"就是很好的指引。但是，并不是只有拟人这一途径。可以选择体现生活中此类商品最诱人、最美丽的那一瞬间。比如面包和糕点在刚出炉时，通体金灿灿、油亮亮、热腾腾，最能引起人的食欲（如图20）。但是在面包炉前搭景拍摄，或者进入摄影棚烤

图20 载《装潢设计·商业摄影》 中国美术学院出版社

面包都并不实际。如何制造那一时刻的效果便成为拍摄的关键。抓住几个重要元素，我们就可以逼真地再现，甚至是夸张地重现面包出炉那一刻的场景：在面包上涂抹凡士林，现场喷上烟雾，等等。这只是一个小小的例子，以此来说明商品广告摄影，是需要"做"和"摆"出来的艺术，每一个细

节和布置都可能有人为因素，也就是〝制造〞出来的结果。当然其中有偶然因素，比如烟的密度大小和运动方向难以控制，但是，很多出乎意料的效果也是不断进行新的尝试和试验得到的。

（二）　关于概念定义

我们在各种专业杂志、书籍当中，可以看到关于广告摄影、商业摄影、静物摄影等不同称谓的摄影概念，现实中也的确存在有这样的区别，而赏读代表这些概念的图片时，却无法像这些概念的文本那样容易令人理解与把握。本来它们彼此间的概念与论述是比较清楚且分明的，但在图片体现出的形式感与趣味性上，它们又都存在着相互交叉、你中有我、我中有你的状态。而在初学阶段不可避免的是要以观看图片来作为学习的一个途径，所看到的图片大多会体现出某种令人感动的元素，因此不论书本论述哪一类别的摄影会具有某种示范的作用，这些不同类别的书籍中展示的图片很多都会是交叉使用的（这一点本书中的图片也无法避免）。这实际上是与现实中的广告摄影是有些出入的，因此希望本书的读者能够了解它们的区别所在。首先我们看看现实中都有哪些相关联的概念。

静物摄影　静止的物体摄影，主要是营造、探索静物的影像美感的摄影，也是最具有创作者个性色彩的、非人物、动物、风光的摄影门类。其拍摄题材对象没有物品类别上的限制，但是它们的体量基本限于桌面的空间范围内（大小在1至2立方米范围内）。静谧、唯美是这类摄影作品的主要特征（如图21）。现在美的含义的包容性很强，没有所谓普遍认同的唯一的标准。静物摄影的〝美〞更多地带有个体的特点，

图21 JOE FELZMAN STUDIO

当然这是维系在影像的语言基础上的。

广告摄影　摄影作品的服务功能和服务对象非常明确，以大众平面媒体为载体（如报纸、杂志、宣传册等），但是照片可以涉及的对象范围几乎漫无边际，可大可小，可以室内也可室外。图片可能体现出商业性很强的特点，也可能由于广告创意的需要，表面看起来根本与商业毫无联系（如图22、图23）。广告摄影更多时候是要与文字等说明性的元素结合

图22 NAOMI HINOKUCHI

图23 HISASHI KATSUMURA

使用，在构图和灯光布置上会体现出与静物摄影较大的区别。

商业摄影 以买卖方式使商品流通的经济活动，这是现代汉语中"商业"的概念。从中我们可以体会到：商业是一个包容广告、较之广告更大的概念。为商业行为服务的摄影所涉及的对象、所要传达的信息以及采用的方式，同样较之广告更多元化，载体也不仅仅限于大家熟知的传播媒体。从摄影分类来理解这也不是一个十分严格的概念。

以上相关的这三个概念范畴的摄影是目前经常接触到

的，就它们在各自领域内阐述自身的内涵和被理解方面都不会存在什么困难。但是在拍摄所涉及的对象以及形式感上会显得不够分明，存在着交叉的部分。往往在这几个类别的摄影作品不会被严格地界定。比如广告摄影在作为摄影作品在媒体中出现时，是不包括它的重要的伙伴——文案的，作为摄影作品的观众无从了解，也不会考虑过问产生这一作品形式的根本原由，而只是从图面形式、用光安排、色彩的选择等审美感角度去欣赏、品味作品。这种现象对于实际操作当中的"广告摄影"抑或是"静物摄影"并无影响，因为现实中的广告摄影是由广告客户、广告责任人（公司）、市场及摄影师等多重因素来决定摄影作品的面貌或形式。但对于处在学习广告摄影阶段的人来说，却应该对不同摄影专业概念有明确了解和认识，避免在现实工作当中形成认识上的困扰，因而有必要在叙述上和理解上对这些概念有所区分。

第二节，广告摄影的现实工作流程

通常广告摄影现实中的操作过程,存在这样两个大致的区别。

1. 公司行为，即广告公司本身拥有摄影师。这类公司大致是主要以影像来开展业务的或者是非常大型的广告公司。这类公司相对较少，因为具体的拍摄工作需要很多条件，如拍摄仪器、拍摄后期处理的设备以及摄影师。对于一般的广告公司，这意味着增添一笔很大的固定设备投入和人员储备，若影像不是公司主营业务的话，投资设备及设置人员岗位是非常没有必要的。

2. 个人或影楼行为。以摄影师个体或者小群体组成的影楼，承接委托进行广告摄影工作，他或者他们基本上不承担广告的设计。这样的操作模式是目前中国大陆的主要方式。通常图片使用方（企业、设计公司）会把意图交予摄影师，摄影师根据要求进行拍摄，这些要求在不同的地域给摄影工作带来的影响也是不尽相同的。综合各个方面的讯息来看，作为拍摄者身处经济生活发达且物流丰富的地区，拍摄时的创作自由度相对会高些，即只要能够反映出使用方的用"意"就可以。反之则拍摄时受图片使用方的限制就会多些。

在图片使用显得相对重要时，通常拍摄者需要在拍摄前，先将拍摄意图明确地提示给使用方，在使用方首肯拍摄意图后再进行拍摄。需要解释一下"重要"的含义。

其一，在所有的广告当中广告主（甲方）投入资金比较大时，图片的重要性是毫无疑问的。当然很难对具体投入资金多少算是"大"，给出一个定额，只能是以当地当时的具体经济状况为基础相对来谈"大""小"。

其二，图片对于使用方具有特别意义。如：刚刚进入市场的新品牌、新产品，首先最需要在消费市场中能够令大众关注。可能投入宣传（广告）的资金并不算高，但广告对于企业本身的意义与重要性却很大很高。类似这样要求的照片在拍摄过程中，使用方与拍摄方都会比较重视，摄影师需要付出更多的精力关注图片的创意部分。

第三章， 角度无限　意念有迹

第一节， 了解你的拍摄对象

（一） 关于第三只眼

物体、观察、拍摄、出片，这是每一张广告照片的诞生都必然经历的过程。其中，出片更多地体现出技术的特点。对"技术"的了解与把握程度会影响"观察"时的视觉，而"观察"的视觉也会决定后面技术的选择与运用，技术环节的种种方法是可以进行选择并达成视觉的要求的。拍摄要求的是具有创造性的，而非日常生活中的习惯性视觉。这样带有专业性质的"看"需要不断的磨练与实践才能够把握。

作为初学者克服"习惯性视觉"的第一步就是令你的"眼睛"离物体近些，再近些（如图24）。可以设想一下：我们平时是否这样观察过物体？这里强调的"近"并非仅仅指生理上的眼睛，而更多的是指头脑中的"注意力"，应

图24 SETE DI CUPRA VISO

该让注意力引领你进入物体的细节、局部，抛弃繁杂的环境影响捕捉到物体有"价值"的部分。如图25，这一张本意是拍摄图当中的首饰，但看起来更容易注意到花的形象，改动一下构图是否会好些呢？如图26，可是这样的改动最好是在拍摄进行时来完成，否则是会影响影像的整体素质的。听起

图[25 学生作品

图[26 学生作品

来简单却并不容易做到。

除了要不断地克服习惯性观察角度之外，在广告摄影时一个无法回避的问题是物体与环境的关系，它会直接影响影像的效果。虽说物体本身是摄影最关键的部分，但缺乏恰当背景的呼应是很难体现出主体形象的。格式塔心理学派在一个世纪前就揭示出：人可以在平面中观察到形象的一个基础性前提就是具有背景，而背景的存在是无条件的、必然的。画面中的形象随着数量的变化，形象与背景的关系就会发生变化。

通过图片我们可以清晰观察出这一番茄个体的体貌特征（如图27）；番茄的数量增加了，视觉上还是可以观察到个体的特征（如图28）；当番茄的数量增加到布满画面时，从视觉构

图27 学生作品

图28 学生作品

图29 学生作品

成的角度来看番茄的个体形态此时已成为一种画面的元素了（如图29），它们和红色圆点本质上是同样的作用（如图30）。这就提示我们要注意形象主体与背景间的相互关系。作为目前世上"最忠实"的记录机器——摄影机，实际上并不能够完全地反映客观物体，或者说它是在有选择地记录，它的记录结果和客观物体是有些差别的，不管是传统的胶片机还是数码机。

　　胶片机因镜头个体的光学设计、胶片种类、曝光组合的不同选择、冲洗的药水配比、温度等种种因素之间的不同组合及匹配，可能产生截然不同的结果。数码机则在镜头、传感器（CCD、CMOS）、芯片以及不同的品牌机的技术因素以及不同的使用方法下（比如曝光选择），同样会产生不尽相同的影像效果。这种"不确定"的影响并不是一定"好"或者"坏"的。当面对拍摄对象选择了自己认为合适的某一种技术性组合之后，结果并未达到预期效果时，原因可能是上面谈到的这些环节中的某一部分的选择出现问题，当然也可能是根本性的错误。因此也可以了解到摄影术并不是完全反映现实。另外，这两大类别的摄像机器都涉及一个共同的概念——宽容度，即指可以容纳从明到暗的范围。自然物体中是不存在纯粹的黑和白的，而我们观看照片时会发现每一幅都有这样一对矛盾体（既黑与白）的存在，这是镜头与记录影像的媒介体——胶片与传感器的特性，也是摄影术的特点。摄影机和影像记录媒介在反映物体时只可能描绘其中的某些部分而非全部。Ａ・亚当斯在他的摄影术中，把自然界景物分成若干从黑、灰、白的色阶来控制影像效果，就是因为摄影术的这一物理特点带来的。虽然Ａ・亚当斯的主要创作集中于黑白影象，但这一理论同样也给彩色摄影带来启迪：就是一定要以对比的眼光来观察面前的被摄物体。尤其对于初学者，要了解你看到的"红"，未必你的摄影机可以

图30

表现出这样的〝红〞，因为你的注意力在〝看〞的阶段左右了你眼睛的感受，而摄影机却是〝忠实〞记录了包括你关注的物体（形与色）在内的所有的现场物（包括光的作用）。因此当看到某一物体色彩并且想把它表现出来时，它的明亮程度、鲜艳程度、在相机的取景器中和其他物品比较之后处于什么地位，要先有一个认知判断，再决定采取什么样的曝光组合，如此就是强调要以对比的眼光来观察判断被拍摄物体。

亚当斯的摄影理论中非常重要的一个要点就是强调摄影师对影像的控制，其中一个方法就是〝想象〞。指摄影师在拍摄之前，对景物影调色阶要有一个全面的判断。这个判断是对位于冲放阶段的影调，实际就是在按快门之前脑海中已经有了照片的最后效果的先期判断。

从图中可以看到影调分布有序、清晰洁净（如图31、图32）。有了对拍摄之后影像的具体要求（因为在冲洗、放大的环节摄影师还可以进行加工）后，根据自己的要求在拍摄过程中有针对性地解决遇到的问题，这样才可以真正做到胸有成竹，以不变应万变。当然这种方法并不是每个人都可以做到的。但是在拍摄前对自己照片的最后效果预先有一个明确的要求，这种〝想象〞方法对于初学者尽可能快地掌握广告摄影中影调协调是非常有益的。掌握这种方法的一个非常好的具体途径就是草图。以草图的方式把自己对照片的效果要求记录下来，具体通过它来考虑技术上的处理：灯光、构图、环境效果、曝光处理等等。在拍摄完成之后，可以通过与草图的比照检讨自己拍摄过程中所有细节，比如不同的光圈速度组合，不同的构图，不同的角度、排列等等所带来的一系列差别，通过不断的实践积累，找到最理想的组合，

图31 ANSEL ADAMS

图32 ANSEL ADAMS

得到自己最想要的照片。更重要的是，自己对物体影像的把握性就会越来越强，能够更熟练地掌握摄影这一门视觉语言。通过草图对自己的照片进行想象，这一方法很简便也很有效，但最关键的是需要养成一种持之以恒的习惯。拍摄是一种积累经验的过程，很多时候可能出现一些之前不曾预想到的情况发生，当处理完毕之后，也应该把遇到的问题和处理方法在草图上记录下来。这些都是你最宝贵的经验，教科书是不可能提供这些的。

（二）　体之"美"

"美"——只要我们接受教育，不论是学校的教育还是家庭教育、社会教育，每一个人的眼中都有一个衡量"美"的标准，这种标准在人群、族群、地区、国家的概念上应该讲大同小异。但是"美"是个非常难以用语言界定的概念，这里所谈到的物体之"美"还是指通俗意义上的造型、色彩、加工三方面的综合感受，给美加上引号因为"美"不仅仅体现在这三方面，同时也因为在当今生活中的美已经是非常多元化，何况我们关注的是留在影像上的物体的"美"，它是和影像的特质联系在一起的。

通常我们在商场中留意到某一品牌的宣传招贴，招贴中商品的形象绝大多数为摄影所得，如果有兴趣可以在商品架上寻找对应的商品，就会发觉打开后的商品与广告招贴中的商品是有差别的。现实中的商品远没有照片中的形象那么光鲜靓丽，是不是商家在欺骗我们呢？绝对不是。这是由摄影这一特别的描绘方式给我们的视觉带来的落差，需要强调的是这种落差并非是由照相机带来的，而是由相机后面的"眼睛"来决定的。

摄影机"观察"事物的方法与人们的眼睛相似，但并不完全相同。例如，摄影机并不像眼睛那样把注意力集中于视野的中心，而是把视野内的一切景物都以大致相等的清晰程度进行"观察"——这是A·亚当斯在《论摄影》一书中有关相机与眼睛之间差别的论述。从中可以体会到人类的眼睛在观察世界时实际上是受大脑支配的，即视觉只关注那些我们所感兴趣的事物。而广告摄影所涉及的对象物体往往并不是我们的"兴趣"所在，作为摄影师几乎是没有选择余地的，客户的要求和需要就是广告摄影师的必然"兴趣"。因此摄影师首先要面对的是来自于自己本体的"观察兴趣"的挑战。物体上的一条曲线对于摄影师个体，可能没有什么吸引力或价值，但是，却可能对商品或者生产商有着举足轻重的意义。那么，摄影师就需要通过各种手段令这条曲线显得与众不同，令人难忘。当然，这只是个非常具体而细微的例子。一件商品被欣赏、被赞美的因素是非常多向性的，并不仅仅是商品本身的物质因素，还包括时尚与潮流以及地方文化传统对人审美观念的影响。总之，令商品看起来具有普遍意义上的美感和吸引力，是作为一个广告摄影师的必然责任。

（三）　物体的"情感"

所谓物体的"情感"，也是指视觉中物体的"态"。广告摄影经常需要面对的拍摄对象，通常有这么两大类：人和物品（产品）。第一类拍摄对象对于初学者来说，把握起来比较困难，因为受限于雇请专业模特需要较多的资金，因而在没有具体的图片用途要求时，在初学阶段主要以产品为拍摄对象，是一个比较恰当的选择。在我们可接触到的产品中，可划分为工业产品以及自然产品。自然产品有着大自然赋予的姿态万千的体貌，以及绚丽多样的色彩，极具个性差别；而工业产品则有着大规模、规范化生产所特有的统一的外形和纯粹的色彩。作为摄影拍摄对象，它们各有其形象的特点。单纯记录下它们的身影也可能对个体有意义，但是摄影的工业化现象已经使得图片摄影成为我们生活中的另一种意义的日常语言，摄影图片在今天的视线中显得太普遍了，其中包括那些所谓专业摄影。在这样的背景下，想令自己的拍摄成果得到足够的注视，就需要具备某种意义上的与众不同的形式。提出"物体情感"这样的概念，是希望初学的朋友能够在面对适合拍摄的主题时，拥有一种代入的感觉，力求能够赋予静态的物体以生命，并由此使物体具有某种程度的新意义，就像威斯顿拍摄"甜椒"那样（如图33、图34）。在现实中，也许不是所有的甜椒都会像这个一样令我们浮想联翩，因为那仿佛触手可及的质感和优雅的动态，仿佛两个恋人相拥，完全超越了物体本身的概念，令人不得不折服于大师的慧眼和匠心独运。它是独特的，但是，却并非是世上唯一的独特，物质的世界之中还有着更多的"甜椒"等待着被发掘，却可能总是在我们熟视无睹的视线中，与我们的照相机擦身而过。那么，躲藏在甜椒中的意象，是怎么被摄影师

图33 BRETT WESTON

图34 BRETT WESTON

发现的呢？我们是否也具有这样的观察力：找到一形体与另一形体之间的联系和差别呢？如果仔细阅读大师的作品就会发现这当中不无规律：形与形之间的契合。这一点从两个方面去理解。首先，第一个形指的是要拍摄的物体，第二个形指的是与第一个形相联系的记忆中的形态，包括在特定的环境、光线下以及观察的角度，从而建立起两个原本毫不相干的事物形态之间的奇妙联系。如果这个记忆中的形态对于大多数人是一个共同的印记，即它是容易识别的，那么你已经找到了这种表现方式的直接途径。其次，第一个形是指被拍摄主体，第二个形指的是与主体呼应的客体，主体与客体之间在形体构造上，拥有一种暗合的关系，比如：阴阳铆合。主客体共同塑造出另一形态。物的体态或者相貌相近的特质，这些产品与人的生活有着漫长和千丝万缕的联系。对于这样的对象只需把这些特质摄取下来即可。如图35，虽然此

图35 ROBERT DONISNEAU

图不是广告摄影，但毕加索下垂的双臂与酷似手指的面包之间，是不是有种趣味盎然的联系呢？这个视点用作广告当中也必具有事半功倍的效力。面对一些本身缺乏特质的物体，需要通过调整拍摄的角度，或者使用修饰的手法令其具有某种类人或动物的情态。以上所说的方法并非适合所有的物品的拍摄，但是作为专业摄影师，应当具有这样洞悉物品形态的眼光。

（四） 物体之"肌肤"

物体之"肌肤"，也是指物体之"质"的视觉感受。上一小节主要着眼于物体的形态，下面要谈到的是物体的"皮肤"，也就是物体的质感。不管工业或自然的物品，和我们人类一样都有一层所谓皮肤。这一层物质是眼睛识别此物与彼物的关键环节（排除人为有意制造的因素）。通常我们在日常生活中，能够非常快速地辨别出物品的属性，是源自于眼睛对物体表面的反光特性的识别。不同的物质体因它的物理组成构成不同，于是它们的反射光的能力也不一样。物质体是有选择性地反射光线的，加之结合外部形态和结构，因此我们可以瞬间识别出金属感的蛋与草叶（如图36）、清澈如镜的水面（如图37）、真正的金属球棒（如图38）等等。我们自幼开始形成对周围世界的认识与辨别能力，这个过程根本上就是触觉与眼睛的协调过程。初始阶段主要还是以触

图36 SAN FRANCISCO

图37 JAMES H. KARALES

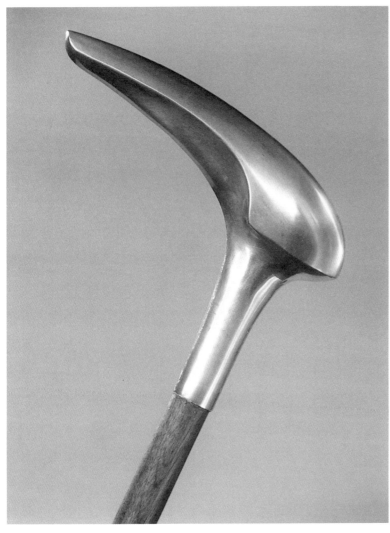

图38 LAUST BALSGAARD

摸为主，当经验积累到一定阶段，眼睛就会告知自己此物为何物。能够对一事物进行判断首先要使我们的眼睛与该物体处在一个特定的识别距离。远了看不清，太近则无法观察物体的全貌。所以基本上我们对物体的观察判断都是处在大致清楚的范围内，这样便于区别此物体与彼物体。这种距离的选择是由物体本身的大小体量所决定的。小的物体眼睛自然要凑得近些，大的物体就需要调整得远些。这是由对物品的〝模糊认识〞（眼睛的生理要求）的距离决定的。但是以这样的视觉经验来进行拍摄，所获得的影像是无法满足广告的需求的。因为商品广告对摄影图片有一个最基本的要求，就是能够明确地体现出商品本身的材质并且具有视觉冲击力。只反映出物品一个大致的印象，既无法体会产品的样貌也无法令人感到产品的质感（如图39）。在现实中首饰本身就是体量很小的物品，一般亲手触摸它时，一些信息会比较容易感知到。但摄影是透过媒体呈现于受众的视觉的，若采用自己习惯上观察首饰的距离来进行拍摄，在成为图片后视觉上必然会显得平淡，也基本上属于失败的拍摄。想要令质感有所体现，就要让〝眼睛〞与物体的距离更近些，突破我们在日常中形成的习惯距离。在构思前我们首先要做的是观察：寻找一个独特的视点。仔细观察物体形态：不论正面、反面、倒转都应予以关注，不要因为熟悉物体的样貌而影响自己的感受。捕捉物品给予我们的直接感受，这种感觉是非常重要的，它是决定一张照片好坏的开始。可能大家会有这样的疑问：只是这样观察就可以获得如何拍的想法吗？不是的，但是这样做是必需的第一步，意图在于为了摆脱我们日常形成的对物体〝似是而非〞的概念性认识。加之每个人的经历不同，观察事物的切入点也不相同，获得的感受也会有差异，这种差异能够得到体现的话，就会是设计行为中最具

图39 学生作品

图40 BARRIE TUCKER

魅力的地方——个性体现。上面所罗列的几种物质还是传统意义上的材质，在世界普遍进入工业化以后，各种新材料如春笋般令人目不暇接，人们的审美观也在这个过程中悄然地发生着变化，更趋多元化，也更细腻。我们可以关注一下生活中的例子：绘画艺术作品更加注重画面肌理的塑造，服装店中顾客除了对服装款式的关注之外，还会非常在意面料和质地的选择。这种选择包含着两种感受：1.触觉的感受；2.视觉的感受。当然，这样分析会剥离它们与整件物品之间的联系，主要还是想在此强调肌理对人的影响是非常巨大的。相似的情景在消费生活中有很多，只是大多数人并没有在意。物体的质感会直接影响人的情绪和感受判断，比如柔软、稚嫩的肌肤是可爱和温暖的，具有令人亲近的感受；而粗糙和布满皱纹的皮肤，则与人有距离感。同样的我们还可以感到：金属——冰冷、冷峻、坚硬；玻璃——晶莹剔透、清澈；麻布——粗糙、质朴；绸缎——光滑、高贵、冷艳，等等。关于物体的质感所带给我们的感觉不胜枚举。每个人都会拥有自己独特的感受，对于大多数人，这感受只是稍纵即逝的闪现，作为摄影师能够把这份感受充分地表达在影像上，从某种意义上说就等于构筑了受众心目中商品的形象，因为拍摄者同时也是消费者。利用各种不同质地的物品的对比来烘托主体，这是最容易被眼睛捕捉到的图式。或者以近似质地的物品来营造强化主体材质的视觉氛围，同样有助于体现拍摄主体的特性。另一方面，即便是同一个物品，换一层"肌肤"，便有了截然不同的感觉。一个更直接的例子，炎炎夏日中当我们看到这样两瓶啤酒的形象时，一瓶是正常态下的样貌（如图40），而另一瓶啤酒却冰意十足（如图41），瓶体表面罩着一层解冻时的水气，凝结的水珠顺着瓶体向下滑落……这两者当中那一个更能令我们心动呢？答案应该是非常明显

的。是什么吸引了我们的视线呢？是的，因为水珠还有相伴的冰块，满足了我们在夏日对冰凉的心理需求。从视觉造型的角度来审视，那是因为肌理——物体的皮肤表面。假设两图换个环境、场所、时间来评价它们，结果又不同了。

肌理在造型艺术中的运用有非常长的历史，是非常有效的一种手段，它延长了、丰富了人们看到色彩、形态时的感受与愉悦。肌理的体现在广告摄影的表现语言里，就是物体质感的体现。其手段主要以灯光的使用方法为主导（灯光在后面的章节叙述），但是仅仅依靠使用灯光是不够的，拍摄器材的合理使用也是非常重要的。

在广告摄影图片中有关质感的表现，从以人为主体的到以物为主体的比比皆是。可以这样概括：百分之八十的广告摄影照片无法回避拍摄对象质感表达的要求。尤其在食品类的拍摄时，这一要求越发突出：作为摄影师，你不能让食品看起来处于令人无法接受甚至厌恶的状态，你有责任令那些食品让消费者看起来心动、垂涎欲滴。当然，还包括明亮洁净的金属、晶莹剔透的玻璃等等。在表现这些物品的质感时需要一些拍摄常识，后面我们会专门进行探讨，但是首先要建立起对物体质感的兴趣，并且是独立的对物体质感的观察和感受。

第二节， 关于联想

图42 SHIN MATSUNAGA

拍摄意念在广告摄影当中有着举足轻重的地位。一幅具有美妙意念的广告照片对于广告主或者摄影师都是同样重要的，广告主可以透过它来达成对市场的诉求，摄影师可以借此赢得市场的肯定。那么这意念包括些什么？如何获得这意念？广告摄影的拍摄意念与广告设计的意念还有些区别与不同。现实中的广告摄影是依附于广告设计的，这种归属状态的表现形式是不确定的。什么意思呢？广告摄影是要按照广告设计的意念为方向来进行拍摄，而广告设计给予摄影的意念有时是非常具体的要求，有时候则是非常概念化的，并不涉及目标对象体貌的意念（如图42）。它和我们日常习惯的咖啡广告有很大区别，诸如清新、温柔、激情，等等。对于前一种情况摄影师要注意的最关键的是：如何通过自己所了解的灯光、相机加上经验来满足广告意念的要求。而后一种情况则给予了摄影师一个比较大的想象和发挥的空间，这一部分应该是摄影师最感兴趣的委托方式。从已有的广告摄影中体会意念所涉及的方方面面来看，它不仅仅是如何诠释类似上面列举过的那些关于人的感受性的概念，还包括从技术性角度进行的尝试，如是不是可以推陈出新，也就是怎么样运用现有技术设备拍摄出不同图片。从图43、图44中可以看到上世纪40年代拍摄的酒和现代拍摄的酒的区别，换个角度，你的拍摄意念可能源自于你对某一灯光角度、某一底板的材质、某一装饰手段等技术环节或者是个人的某种独特感受。因此对摄影设备的运用与掌握的经验也是产生意念的基础。

关于拍摄图片的意念，除了可能基于经验和来自于广告设计的指定，以及电光火石般的灵感之外，最具有可操作性并且可以通过不断的磨练而掌握的方法就是——联想。前面列举的获得拍摄意念的出处，要么需要经历长时间的

图43 ARTHUR SIEGEL

积累，要么带有很强的偶然性。而联想，可以在对摄影拍摄有了初步了解的基础上，令我们逐步形成自己的创意之路。

图44 KAZUYASU BAGANE

（一） 产品自身的联想

进行拍摄首先需要从一个点来展开。所有的物品都有属于自己的空间和背景，也就是物品特定的使用环境和信息背景。当我们决定拍摄某个对象时，应该明确并把握运用这些信息。一个物品的使用环境是比较容易通过生活常识的推断而获知的，信息背景指的是围绕着某一物品总有和它相关联的生活习俗方面的或者民俗传统意义方面的文本性内涵。如果我们觉得该物品的用途很广泛，难以确认究竟哪一点才是自己所需要的，不妨以文字的方式罗列出来与物品有关的信息，再加以分类总结并挑选出合适的方面作为拍摄的出发点。一件商品在今天涉及的信息包括有用途、功能、时尚审美、历史文化背景等几个主要因素，而这些同样是联想时思考方向的基本要点。现代商品的用途分工是非常明确的。举个例子，假设拍摄的对象为一把小刀，用途及功能容易理解和把握，那么我们在日常生活当中，以及民间民俗当中甚至历史文化当中，会怎样评价一把刀的质量呢？"雪亮的钢刀"、"光可鉴人""削铁如泥"、"砍瓜切菜"、"吹发即断"、"款式新颖"……可以从这些只言片语中归纳出几个关于刀的评价角度：从刀的亮度，从刀的使用结果，从刀的外观时尚感……继续寻找还可以从刀的使用对象、从营造刀的形式美感、时尚感等等角度去表现。表现的角度虽不同，但都可以令商品体现出其个性的那一面。在这许多的角度当中，并不存在其中某个角度比另一个更出色的问题，只存在表现时是否能够淋漓尽致地体现出了这一特点的问题。在遴选思路点的时候可以根据自己的个性和认知程度来选择联想的点。如图45至图50是尝试从不同角度拍摄的同一把小刀的图片，希望能够给刚入门的朋友有所提示。

图45 余源 图46 余源 图47 余源
图48 余源 图49 余源 图50 余源

(二) 关联形态的联想

世界上的物品有多少种类就有多少种类的形态，从视觉的角度也可以说，大千世界是由各种形态组成的。有些形态在观感上会显得很有趣，有些则显得平淡。"有趣"往往是因为此形态令我们想起了其他事物，而"平淡"是因为没有能唤起头脑中与之相联系的形态记忆。所谓"关联形态"的联想，是指以将要拍摄的对象形态为基础，寻找到能够唤起受众由表现出来的影像中体会到物体形态之间妙趣横生的联系。这需要拍摄者在本无联系的物体形态之间，发现或创造这种相互对应、互为补充的物体形态间的纽带。具体要做的就是在日常生活中透过观察，发现物体间业已存在的却被习惯视觉隐藏了的联系，或自主建构物品间形态的联系。较典型的例子：毕加索用自行车车把、车座组成牛头的思路；威斯顿的摄影名作《菜叶》（如图51）及《鹦鹉螺》（如图52），虽然它们在生活中都不属于非常特别的物品，但是普通的菜叶却在威斯顿的手中有着女性裙摆感觉，而鹦鹉螺也有着人体的意象。如图53中的主要物品是面包与意大利粉，但是摄影师却将它们塑造出一个充满情趣的昆虫世界。如图54中作者巧妙地利用海星表达传达出夏季、海滩、自然等信息，它既可以被用于具体鞋产品的广告宣传，也可以被用于生产鞋企业的形象广告。以上这些作品反映出摄影师对形态联想的敏感与洞察力，以及这种思路带给我们感官妙趣横生的一面。这种表现方法运用起来并不容易，首先是要挖掘出被摄体本身蕴藏着的形象，这需要发现的眼光。其次要从自己对形象解读的记忆中找到与被摄主体在形体、色彩、明度、属性相适的物体。在众多的物体形象中寻找到与主体物有契合点的物体，建立其关联性，本来就不是轻而易举的事。加之很多的

图51 BRETT WESTON

图52 BRETT WESTON

图53 MICHAEL NEVEUX

工业产品都是由不同的材料综合制造出来的。这些材料间在
视觉上本身就存在对比关系，若需要其他材质来加以配合，
对比关系就会增加。对比越大、越复杂就会越难以控制，例
如明度的对比、色彩的对比、质感的对比等等，因为涉及了
分清各种关系的主次和层次的问题。强烈的对比关系会吸引
眼球的注意力，而纷乱的关系则容易造成喧宾夺主，主体被
忽略。罗列了这样一些存在的问题，是希望大家在拍摄中遇

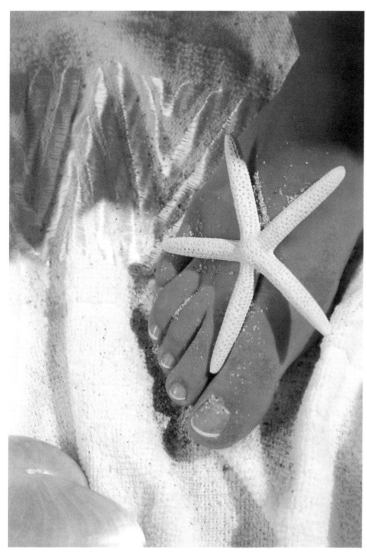

图54 CLAUDE GUILLAUMIN

到问题时，能够采取理性的态度对自己的拍摄意念和现场情
形进行分析。

（三）　动态的联想

摄影术问世以来照片的清晰度一直是大多摄影师工作的基本要求（如图55），直到著名战地摄影家罗伯特·卡帕拍摄的有关二战的那些动感十足的照片后这一原则才告破除（如图56）。人们方才体会到模糊影像也有着非凡的表现力。自此"模糊"在特定的场合和特定的题材中成为摄影表现手段之一。在现代，这种表现方式被广泛引入到产品广告摄影当中。其表现力在于：能够令被凝固的影像具有富于动感的特质，但在产品广告摄影中应用时要注意适度。此种表现方法体现在影像中：一为主角本身、一为衬物。不论应用哪一种作为表现手段，前题条件是：要保证主角影像在可辩识的范围内。图57是关于太阳镜的一幅图片，画面充满动感同时也能够表达出物品在材质方面的特点。图58至图60这三幅图片是我们在各种广告媒体中看到的表现方式，它们常被用于饮料、酒、洗涤用品等产品的广告摄影中，因为这一方式能够赋予图片中物体以足够冲击力与动感，所以这种方式虽已沿用许久了，但是受众与摄影师都没有厌倦它，并且在不断赋予

图55 SAN FRANCISCO

图56 ROBERT CAPA

图57 MICHAEL MAZZEO

图58 HAMDAN

图59 HAMDAN

图60 ANDREA CAMARA

此种方式新的技巧。无疑，这是极具挑战性的一种拍摄方式。图61是笔者认为运用这一方式比较出色的一幅广告摄影图片：没有沉湎于技术手段的炫耀，而是注意了形式、物品、意念之间的统一，尤其在意念的表达上与同类广告相比较更富于个性。但是作为商品的广告摄影以此类方式进行拍摄，图片中主体（商品）的可辨识度如何把握是关键，这要依靠拍摄者的表达力度，并关乎受众的接受程度。还是那句老话：知彼知己，百战不殆。

作此方法的联想，要立足于拍摄主体是否具有适应这一方法的属性。所谓运动的属性很难在现有商品中严格划分。比如运动类产品本身运动的属性是非常明确的，但是其他类别的商品呢？比如酒，啤酒、汽酒等采用此类的方法拍摄还可以看到，而威士忌或者红酒则很少采用。它们都是酒类产品，为什么会有区别呢？首先它们的市场价格有较大差别，这种价格差还体现于饮用的场合和方式。前三种饮用时为"喝"，后两种讲究的是"品"。由产品的功能到为主体物安排的场景是否恰当，是此类照片能否成功的一个标准。"恰当"看起来似乎有悖于"创意"原则，其实不然，作为设计行列中的一分子，面对通俗的惯性思维时有两种选择，一为顺应，一为引领，也可理解为适应或创造规则。在产品广告摄影中"顺应"意味着采用主流的表现方式。做一个形象些的比喻："世俗"是金字塔的基座，"创意"是塔的顶端。若想有所突破就要对一般化的表现方式、方法有足够的了解与掌握。

图61 THOMAS SUSEMINL

（四）　情态的联想

　　此方法是把人的情感感受转嫁代入到对象（产品、商品）的表现当中的一种方式，也叫〝移情〞。如果没有情感的介入，人的联想只能是无源之水，无木之本。〝各种不同的情感生活都有各自不同的力的结构，当某一特定的外部事物在大脑电力场中造成的结构与伴随某种情感生活的力的结构达到同形时，这种外部事物看上去就具有了这种情感性质。〞（滕守尧《审美心理描述》）。想拍出感动别人的照片，首先要了解洞悉常人的心理需求，寻找到感人的〝点〞，令〝感动〞仿佛信手拈来，又很自然，有水到渠成般的呈现，如图62。由于影像与文本作为表现语言上的差别，人的

图62 RAOUL MINSART

图63 MIKKO KNNUTILA

情感体验无法全面完整地呈现于产品广告摄影。而且，某些体验作为创作元素运用的话，需要更加谨慎。人的喜、怒、哀、乐中"喜与乐"的情绪比较符合广告摄影（产品）的工作要求和工作目的，应用也更为广泛。至于采用哪一种作为情感诉求点，要视乎物品的特性是否允许，这关系到情态的运用是否得当。这种方法的运用主旨在于追求照片的趣味性、幽默感。通过生动的场景安排令受众在轻松的氛围中接受信息。通过老鼠、奶酪、鼠夹、乐谱，妙趣横生地把"诱惑"表达得淋漓尽致。通过花、树枝、纱这些不相干的物品营造了一个待嫁新娘的意象。此图以水与鱼的关系简洁明确地表达出对生态的关注（如图63至图65）。这种思路大多采用间接表达的方式，当与受众的审美、观念、达成契合，其影响是直观表述无法比拟的。这也是为什么很多优秀的广告摄影作品常常利用拟人、形态与形态的联想相结合的方式进行创作的原因。其要点是：要运用得比较"自然"、顺理成章才好。如图66中的男女鞋表现得非常有情趣，同时画面又非常简练——没有过多地使用装饰手段，就成功地营造出了情趣。所以说，未必需要大动干戈地动用很多资源来达到目的，只要能够做到因势利导，巧妙运用手边的有限资源有时

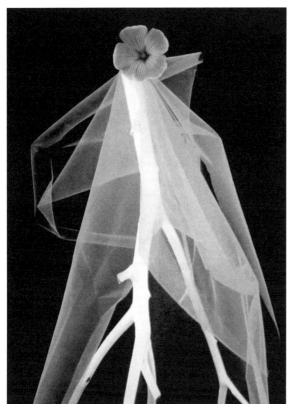

图64 AIFONS ISELI | 图65 JOSE M PALACIOS-FEMANDO PEREZ
图66 EDOUARD SICOT

可以起到事半功倍的效果。如图67中青瓜是不是也有几分韦斯顿"甜椒"的风采呢?

以上四种联想的思路就是本书所要介绍的寻找创意之路的起始。创意是一个见仁见智的问题,没有一个放之四海皆准的准则,所以至今还没有普遍认同的解读:概念容易理解,可是具体到实际操作——表现,要达到什么样的程度才可以称之为创意,目前还没有确切的标准答案。因此本书只希望为在学阶段的读者朋友们提供一些寻找创意的起始点,由此随着思路的延伸去寻找属于自己的创意之路。书中前两个方法可以运用熟练的话,是完全可以适应现实工作中的要求的。随着经验的不断积累,个人的表现力也会逐步拓展完善。学习与工作之间的关系是相伴相生的过程,不存在一劳永逸的解决方法。

图67 JEROME BILIC

第四章．准备广告摄影

第一节. 确定拍摄对象

　　在进行练习之前，首先要选择一种物品来作为拍摄对象。作为初学者往往会遇到一个问题就是：拍什么东西呢？相信大家对广告摄影的认识与了解不会局限于本书，即便是在现实生活中不是作为一个摄影者，也一定在很多场合都接触过广告摄影，虽然可能在主观上不是很关注，但在感性上还是会有印象的，这印象在一定程度上会左右你对拍摄物体的选择。一方面是对拍摄效果的内心期许，另一方面是在选择对象时的茫然；好像每一件物品都处于可拍和不可拍之间，最终会不自觉地选择自己视觉经验中认可的那些对象，诸如一瓶酒、几个酒杯等。这种对象选择不是不可以，但是它意味着各种媒体已发布的广告摄影对个人思维的禁锢。这实际上是环境的力量在起作用。固然这些影响有一定示范作用，但是同时也排除了其他的可能性，继续一些已形成的拍摄固定模式。对于个人或者行业本身来讲都非好事，毕竟广告摄影所应追求的还是有创见性地运用技术手段。因此在了解了工具的基本使用方法后，更多的时候应该独立行使自己的视觉感受。业已形成的表现方式可以作为比照学习的对象。但是作为拍摄题材，在现实生活中有非常多的物品可供选择，不论是哪一类，都有其美妙的一面正在等待你去挖掘；而那些显而易见被普遍认定为好看，或所谓出效果的产品，大多已经不知道被拍过多少遍了，早已形成了某些常见的、固定的表现方式。这些相对固定的模式对初学者拓展思路有一定程度的禁锢作用。从锻炼自身能力的角度考虑，越是看起来平淡无奇的物品，才是磨练自己拍摄意念最好的题材，因为你需要寻找到更有利于表现物体个性的角度。这样也促使你更深入地去观察和研究看起来平凡的事物，并挖掘出它不同寻常的一面。另外现实中的广告摄影操作是用户指定物品，不可能任由我们自己选择认为漂亮的对象。考虑到这一层，练习时大可不必拘泥于物品是否"出效果"。蔬菜、水果、餐具、厨具、文具等，所有你生活中看起来极其熟悉、平凡的东西，都是非常好的拍摄题材。只需要你在购买它们的时候仔细观察，因为物品表面的些许残破或者划伤，在镜头中会毫无保留地呈现出来，这会影响拍摄的效果进而败坏拍摄的兴趣。条件不许可的情形下，使用过的物品只要表面磨损不严重，也可以拿来做拍摄素材。只是在拍摄过程中，要有意识选择那些看起来更好的侧面。同时也要清楚所选的物品是有瑕疵的，在成像要求上，不要太过于苛求完美（指限于资源条件）。

第二节． 器材使用与条件限制

在进行创作之前，首先要有一架相机。严格意义上完成广告摄影的器材是非常讲究的。从机身、镜头、灯具、胶片等，每一个环节的技术规格的要求都是非常高的。当下的相机种类和品牌很多，而真正属于广告摄影主流相机的是中画幅120相机（如图68）或者大画幅座机（如图69）。这两种机器的机身及其相应的附件（如镜头等）的价格都是非常昂贵的。作为初学阶段是没有必要追求这样的机器设备配置的。这一阶段还是应该在广告摄影的视觉思维上注入更多些的精力，但我们还是需要对这两种设备的特点有所了解和认识。下面只是简单的介绍，有兴趣更详尽了解的朋友，可以寻找专门介绍此类相机的书籍来进行研究。

图68 余源

对于现实运作当中的广告摄影绝大部分是采用专业化的工作机器（中、大画幅相机），这是由于通过它们可以获得相对更大的底片，在图片的放大尺度上有更自由的空间，以及在成像清晰度、色彩还原、画质等方面能够得到最好的保障。在专业广告摄影中往往所采用的大型或中型相机，如中画幅相机的代表有：产于日本的玛咪雅（Mamiya）、波浪尼卡（Bronica），瑞典的哈苏（Hasselbald）相机等。大画幅相机有：产于德国的林哈夫（LINHOF）、仙娜（SINAR），日本的骑士（horseman）等。这些品牌都是业内口碑极好并被广泛采用的，为什么广告摄影要使用它们呢？这是因为：

图69 薄久夫

1.它们获得的底片篇幅都比较大：4x5、5x7、6x12（计算单位为英寸），在放大率越小清晰度越高画质越高的规律下它们所提供的影像素相对较多，可以被更自如地放大，运用的场合也会更广泛一些。

2.这类相机在面对需要大景深拍摄的要求时，有着上乘的表现力（以上两点特征相对于135、120相机）。我们可以从图70中物体的左右上下边缘对比观察一下，会发觉它们的清晰度的差别很小，而当中物品的摆放是有纵深方向的并非平面摆放（对于胶平面）。我们也可以使用135相机作同样跨度的拍摄做一下比较。

图70 HANS CARL KOCH

3.大画幅相机还有一个其他画幅相机所不能的功能，就是纠正透视畸变。照相机的光学镜头在摄取景物时由于它的构造（单点透视原理），都会产生与我们的眼睛不尽相同的成像（相机是单眼、人是双眼）。从现象上来说，我们在成角状态下用眼睛看一个烟盒大小的物体（哪怕再近），也不会感觉到物体有很大的透视现象。但是用相机凑近拍摄后，你会感觉，得到的影像和我们眼睛中的成像有很大的区别，它体现在物体可见的三条边从不同方向向远端汇集。这是单反相机共有的一种特性，而大画幅相机（可移轴）由于它的结构与中小画幅不同，在拍摄时需要的话，可以通过相机的机件操作避免这种现象的发生。

图71 余源

中画幅与大画幅相机虽然具有上面罗列的那些优点，但这些器材往往投入资金较大，动辄几万甚至几十万，这些都非学习者所能承受了的，就学习的目的而言也没有必要。毕竟机器的操作是比较硬性的，相对而言比较容易把握。那么我们把目光转向小型相机，也就是通常所说135单镜头反光相机。因为其底片是24x35mm，也称35mm相机（如图71为日产尼康系列相机之一：FM-2）。此类相机价格适中，目前市场上的135相机的成像质量已经是非常成熟了，在放大率不高（20英寸左右）的情况下是完全可以被信赖的。

图72 余源

在挑选相机时应注意俗称的"傻瓜"相机或者**旁轴取景相机**（如图72，为35mm旁轴取景），此类相机都不应在挑选的范围之列，这只是针对准备进行广告摄影而言。应选择可更换镜头并具有手动功能、机械快门或可以人为控制的电子快门的单镜头反光相机。

注：旁轴取景相机：是不通过镜头就可以在目镜中观察外界的相机（单反相机则必须通过镜头才可以观察到外界）。从上图中可以观察到镜头上方有一视窗，这是旁轴取景相机特有的外观特征，而且这种相机的镜头大多是不可置换的。

旁轴相机分为两大类，一类是上面讲到的属于廉价普及型相机，还有一类是属于经典型相机，这类相机大多为光学大国德国的品牌，价格昂贵，成像卓越。这类旁轴相机是可换镜头的，同样它的镜头价格也非常惊人。

镜头 今天的相机销售存在着两种方式：机身与镜头单独销售；机身与镜头一起销售，这种方式又称做套头装。这种套头虽是原厂生产，考虑成本因素，其设计与制作材料、工艺都属一般化，所以当拍摄有比较高的画质要求的图片时，应考虑另外购买原厂准专业镜头或专业镜头。出于经济方面的考虑，可选择一只焦距在28mm—70mm或28mm—80mm的变焦镜头。最好具有微距功能，这是因为拍摄时镜头可以距离被摄体更近，获得的影像比例更大（一般相机镜头都有一个最近拍摄距离的限定，这一限定标注大多在调焦环的最左侧）。当被摄体较小时，镜头微距功能就会体现出它的光学优势，它可以令你距离物体更近，获得的影像更大。只要与相机卡口相匹配，原厂或非原厂出产的都可作为选择的对象。有条件的可以选择不同焦距的定焦镜头，如50mm/80 mm/100 mm和专业的微距镜头。

三脚架 这是室内摄影必备的工具，尤其是产品广告摄影。使用三脚架的目的是提供一个牢靠稳固的平台以安置相机，保证聚焦清晰、拍摄稳定。另外，观察判断物体的摆放是否符合要求，三脚架也是必不可少的工具。为了抵消快门运作带来的震动和手指击发快门时的力量带来可能的晃动，选择三脚架一定要有足够的重量，这样可以抵消拍摄时可能的震动、晃动，保证照片的拍摄质量。另外，购买三脚架要注意以下几点：能上下俯仰，能水平旋转360度；所有能够活动、调整的部分都可以锁定不会松动，脚尖有橡皮套，既可以防滑，又可防止划伤地面，升降中心（柱）须调节灵便，使用时重心可以落在中心柱上。

快门线 另一项辅助拍照的利器是快门线。快门线的主要用途是避免因为震动而造成影像模糊。快门线一般都是搭配脚架一起使用的。大家可能会觉得奇怪，既然已经有脚架了，为何还需要使用快门线呢？大家其实可以试试看，当您将相机与镜头（或是单筒望远镜）固定在脚架时，这时候按下快门，您就会看到一点点的震动产生。不要以为这样小的震动是没有关系的，事实上还是会影响照片的清晰度，特别是当快门速度小于安全快门时。很多人喜欢享受手按快门的快感与节奏感，或是按快门的速度，但是微震对于照片清晰度确实有影响。

快门线有两种，分别是电子式快门线与机械式快门线。电子式的快门线是借由电子的作用，启动内部的控制组件，而达到按下快门的作用。机械式的快门线则是经由一条外面的钢线，模拟手按快门的方式，通过按钮将钢线压下，而按下快门钮。电子式的快门线由于是透过电子接头与相机相连，因此按下电子快门线的时候，并不会对相机造成任何的震动，是最理想的快门线连接方式。然而，可能出现一种现象：因为相机本身的设计或做工问题，造成电子式快门线的运作不正常，或在较恶劣的环境中，例如烈日下、雪地里、或是较潮湿的环境。机械式的快门线则不会有无法作用的现象产生。由于本身的构造简单，不容易有其他的问题产生，但是因为机械式的快门线必须与相机的快门钮相连，按下快门的方式是利用钢线的下压而非手按的方式，虽然已经大大地减少震动，但是在很慢的快门下，还是很容易造成微震的现象。这也是机械式快门线的缺点。有时候可能没有电子式快门线可以选用，或者是电子式的快门线品质不好，这时候就还是只能选择机械式的快门线了。

色温　色彩学的研究证明有光才有色，而色彩除了帮助我们识别外界，还被人类用来作为表达个人情感的"工具"，同时在物理学上还是光能量温度的一种体现。可通过对一块铁板的加热过程观察到这样一种现象：当温度逐步升高时，被加热的铁板颜色会从红逐步过渡到近白色（色彩学有专门的相关论述）。科学上色温的计量单位为k。我们熟悉的日光为5500k左右，而钨丝灯（即白炙灯）的计量为3800k左右。彩色胶片的感光特性与此相对应，由于彩色胶片的感光材料特性的限制，所以分制为日光型和灯光型两种。在使用过程中正常情况下以两类不同的胶片对应不同的光源，若不对应使用，最终所获得的照片会产生物像色彩的变化。当然，也有摄影师有意利用这一点进行创作的情况发生。

胶片　摄影用的感光胶片种类有很多，不同的用途要求引申出不同的胶片品种，按冲洗后胶片上影像状态可分为：正片（也称幻灯片）和负片。按相机种类来分有：110（一种微型相机使用的）、120和135（现在普遍使用的）、单页软片（大画幅相机专用胶片）。按记录色光性能来分类有：黑白片（全色片）、彩色片、色盲片（只对某一种色光感光的胶片）。按感受色温来分类有：灯光型胶片、日光型胶片、红外线胶片。按胶片的感光速度可分为：慢片（ASA100以内）、中速片（ASA400以内）、快速片（ASA400以上）。ASA/ISO是国际通用对胶片感光度的标称。胶片是一门非常专业化的领域，这里只是提供了一些关于类别的信息，作为初学的朋友在市场上选择适当的胶片时的一种参考。更详尽的信息可通过查阅其他有关论著来获得，这里就不再赘述。**现在的摄影正在步入数码时代，**普及性的机型一般缺乏"可操作性"，即摄影师可以在各个成像环节按照自己的意愿来操控影像。但专业型数码相机价格过于昂贵，而准专业型价格也并不便宜，并且成像还无法达到现在普通的传统相机的成像程度，因此本书关于器材介绍的内容还是基本围绕胶片机为主。

注：数码摄影器材是未来的发展趋势，可以说目前已经成为大众摄影的主流器材，但是这只是基于照片的呈现与交流方式是以电脑网络为平台，并不体现于印刷媒体或者说以见诸媒体的成像程度为标准的情形。以目前数码摄影器材的市场价格而言，可以用于广告摄影的相机（135mm为例），基本配置需要1万—3万(RMB)的投入，传统胶片型相机为1千—4千（RMB）（目前除国产新品外，多为二手机），而数码相机的成像原理区别于传统相机，是电子模拟银盐（胶片）成像原理。目前数码相机在成像上尚存在着一些缺陷，如：色散、紫边、高光溢出、焦点选择自由度等等。但数码相机相对于传统相机的优势也很多，一个非常重要的优势就是拍摄后立刻可以看到拍摄结果，这也是对摄影行为、摄影行业最具诱惑力的特点之一。尚未购置器材的朋友可以酌情决定。

第三节， 光的基本常识

　　灯光,这里单独提示了灯光，因为在广告摄影中拍摄产品非常少以自然光作为拍摄光源，基本上是在室内以灯光为工作光源。但这并不表示不可以使用自然光源，主要还是看照片的需要来决定的。普遍使用灯光（人工光源）是因为它具有持久的稳定性，不会在摆、拍的过程中发生变化（相对自然光）。

　　（一）人工光源是影室的基本照明设备，人工光源大致可分为两大类：白炽灯（钨丝灯）、电子闪光灯。

　　白炽灯（如图73）　我们日常使用的灯泡就是白炽灯中的一种，靠钨丝发光。它的照度具有一定的不稳定性，如：电压的变化会影响亮度，通电时间的长短也会对其亮度产生影响。再有，白炽灯的色温较低，因此在使用日光型胶卷的时候，拍出的效果是偏暖黄色调的（如图74），不过，随着照度的提高这一特点会有所减弱。若不希望照片出现偏色效果，可选择使用灯光型胶卷。

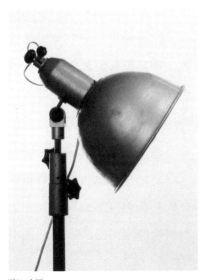

图73 余源

图74 JOE FELZMAN STUDIO

图75 余源

闪光灯（如图75、图76） 影室中使用的灯光大多为电子闪光灯，它的色温和日常日光色温相似，照射在物体上色彩的反应表现正常（即我们在日光条件下观察物体时的视觉印象）。使用这类灯光设备，需要配备测光表。图77中所列的测光表外观有区别，但基本功能是相同的。基本功能包括对连续光、闪光的测试、ISO感光度调校等，目前的照相机本身的测光系统还无法对此类光线进行测读。因为相机内测光表针对的是持续光源。这种专业闪光灯具是由效果灯（也称造型灯），即白炙灯和闪灯组合而成，它的输出光亮是可以根据需要进行调控的（如图78），从图中可以看到灯的控制面板。

图76 余源

图77 余源

图78 余源

人工光源的使用会遇到以下四种问题：光的强度、光的位置、光的表现性质、光的比例。

光的表现性质　人工光源的表现性质从视觉上可区分为硬光、柔光两种。

1. 所谓硬光是对利用这种光拍摄物体的照片效果而言的。因为光照线路不曾改变，体现在物体上的明、暗效果非常分明、强烈，因此称之为硬光。

2. 所谓柔光，我们从字面上理解就可体会到是相对于上面讲到的硬光，在使用的效果上也是非常贴切的。它是通过在灯的前面加上一层透光物质对原光照线路加以一定的改变形成散射，使得被照射物体的表面明、暗交界柔和、细腻，因此称之为柔光。

硬光的效果　物体明暗对比强烈，投影的边界清晰分明，具有戏剧感（图79）。

图79 余源

漫射光效果　物体明暗过渡柔和、影调细腻，投影的视觉效果比较接近自然光（图80）。

光的强度　在影室当中使用灯光拍摄必然要面对的问题：

图80 余源

摄影从另一角度看就是处理光、镜头、快门、记录媒体之间的协调问题，光的强弱会影响光圈、快门，光圈与快门决定了记录媒体录得的光量是决定一张照片成功与否的关键因素之一。而广告摄影对图片质量要求很高，曝光量一定要非常准确，所以要借助测光表来予以控制。光的强度在测光表中体现为光圈数值，如3.5\4.5\5.6\8等（数值越大表示灯光的强度越高）。

光的位置　以相机位置为基准点可分为正面光、侧面光、逆光、轮廓光、底光、背景光。它们作用于物品时可以分为两个概念：主光、辅光。一般情况主光的作用在于描绘出被摄体的大致面貌，就是能够呈现出被摄物体的主要形态、基本结构。它的强度未必是所有使用灯中亮度最高的，辅光的作用在于突出有特色的局部、或者为物品提供氛围。

光的比例　在影室中灯光的使用往往需要多个位置的配合，这就存在一个各个位置上灯之间强度的配比问题，其中主体物上的主光与辅光之间的光比，对拍摄后主体物本身的立体感影响是决定性的。通常的光比：1：1、1：2、1：3、1：4、1：5。此处

比值数越大代表辅光的强度越弱。如图81是反映在一物体上
光比由1：1—1：5的表现，光比越接近，对比就越小反之越

图81 余源

大。光比小，照片中的物体结构清晰但立体感减弱，反之则
立体感强烈，但一部分细节也会同时失去。

（二）作为初学若条件不允许，可使用白炙灯作为照明工
具，在绘画领域也称为素描灯，单灯的数量越多越好。若条件
有限，要保证三支灯可供使用。因为一般拍摄一个立体物需
要两支灯作为照明保证，背景需要一支灯提供保证，这是非
常基本的照明要求。素描灯灯泡的瓦数（W）尽可能高，以
提供足够的照度。

第四节. 拍摄前辅助工具的准备

即使是练习作品，也要尽可能按照广告照片的普遍要求去做，被表现的物体在照片中应该比常态下的物品有更亮丽的表现。想达到这样的效果，需要在进行拍摄时对被摄体进行人为的加工，目的就是令被摄体更趋完美。加工的手段因人而异，而且也在不断发展，涉及的物料工具也是品种繁多、方式各异。曾有一国内品牌的矿泉水的摄影广告，瓶体上面的水滴就是由境外定制的。由此可以一窥广告照片中美观异常的产品效果，并非都是产品在常态下的直接体现。目前国内这种辅助行业也已有所发展。在学习阶段，我们也可以通过一些生活中常见的，我们能够触及的物料入手，令自己的照片更富活力。以下介绍的是些常规做法和涉及的物料。可以根据自己对各种物料的了解来选择和使用其他方法。

甘油 是在拍摄当中被广泛应用的一种。很多的水滴效果都由它来表现完成。因其液态稠度较高，容易在物体表面形成立体感较强的水滴，所以被广泛使用。方法：可以直接使用原液，或加水稀释使用。根据所需的效果或喷洒、或倾倒、或用来擦拭物体表面皆可。

薄膜胶片／玻璃板／金属板／有机玻璃 当需要物体有倒影的时候，一种做法是先放置一块黑色的丝绒（最好是天鹅绒），再在其上放置一块玻璃板。通过这样的方式形成的倒影，影像比较柔和，因为下面铺设的天鹅绒有吸收杂光的作用。若希望倒影强烈和分明，就可以直接使用镜子或明亮、光滑的金属板。若希望有倒影，又希望有少许变化（指底板），就可以使用胶片薄膜。在放置薄膜时，在其边缘可进行捏和，折叠后再用图钉或任何可以固定的工具加以固定。切记不要捏出死褶，否则影像过于锐利会对主体在视觉感受上形成冲击，令照片看起来不谐调。

以上几种倒影的形成方法各有所长，主要取决于拍摄的创作意图来加以运用。

凡士林（膏体） 在拍摄中有时会发现镜头当中的影像过于清晰，令照片追求的味道消失殆尽。涂抹凡士林可以取得柔化景物的作用，涂抹时要注意：1.要涂抹在UV镜上，不能直接加于镜头；2.有选择地涂抹在所需要部位，否则会令照片整体模糊不清；3.拍摄完毕后要用清洁药水清理干净。另外，凡士林还可以用来处理一些物品的表面，比如在拍摄苹果之类的水果时，需要表面有均匀的水珠，但是直接喷洒形成水珠会比较困难，可以在喷水之前先在苹果表面涂上一层凡士林。它的作用就是增加表面的摩擦性，让水珠稳定地停留在表面上。

镜头清洁液 此处介绍的清洁液，并非器材商店当中售卖的镜头清洗液。成品装的清洗液用于消除镜头霉斑比较有效，但因其密度较大，导致在清洗完毕后往往在镜头上遗留一些液渍斑痕，难以去除。解决的办法是：用99％的乙醇、99％乙醚按照乙醇3、乙醚7（或4∶6）的比例混合即可调制成镜头清洁液。乙醇的作用在于消毒杀菌，乙醚的作用在于挥发。**此配比液**也可用于日常的照相机护理。涂抹时，用医用镊子夹一小撮脱脂棉，令其翻卷成为紧密的小球，蘸药水从镜片或镜头中心向外沿轻轻地旋转擦拭。

反光板　其实反光板几乎始终伴随着广告摄影的拍摄活动。反光板可以令被拍摄体影像的立体感更自然、更生动，是影室中必不可少的装备。在成为专业摄影师之前，成品型的反光板的价格较高，完全可以利用生活中的一些物品做成简易的反光板，既经济又方便。反光板的使用有时需要大型的，有时需要小型甚至是异型反光板。反射光的效果视自己的需要来选择不同性质的材料。如：1.选择白色或其他色彩的光面或表面有肌理的纸张；2.泡沫板反光比较柔和、架设方便；3.银箔、铝箔、金箔等材料，特点是反光强可赋予物体以金属的光泽。

黑色的卡纸或丝绒　在平面广告中有一种使用图片的方式叫做退底，即只需要物品形象而不需要背景。我们知道拍摄任何物体的照片是不可能没有背景的，那么为了方便后期处理，需要尽可能令背景没有影调，这时就可以采用黑色的纸或者黑色丝绒。另外，拍摄一些具有较强反射能力的物品时（表面光滑的物体），常常会因被摄物上有周围环境的影像而感烦恼，此时就可一将黑丝绒放置在被摄物对面或周围，用来吸收掉杂光和遮挡住环境映像。

石蜡　在拍摄中往往会遇到很小的并且是圆形的物品（如珠宝），如果将其放置于倾斜的平板上来拍摄，固定就是个问题。用双面胶或者强力胶水也可以起到固定

注：这种配比液在使用前，一定要确认准备清洗的镜头是由金属镜筒与玻璃镜片制成方可使用。使用时应避免大力擦拭镜片表面以保护镜片镀膜。

作用，但是双面胶粘合力小且容易在照片中〝穿帮〞（露马脚），而强力胶水则会破坏物体的表面，如果是首饰或者金属制品则会留下难以修补的痕迹，而石蜡则是一个非常好的选择。

以上所介绍的是一些非常常规性的做法和工具，这些工具简易、便宜且十分实用。随着经验的丰富拍摄者会对小工具形成有自身特点的使用方法的。

第五章 ◆ 建立自己的评价体系

"大师"与"我"同在

　　摄影在今天可以说是现代社会的一种语汇，它有着文字般的交流作用，尤其在传达信息上很多时候甚至超越文字，一个"现实"的形象会毫无保留地将自身的结构材质呈现在人们的眼前，人们通过图片了解商品信息已是现实生活的一部分。在前面我们提到过：有创见性地运用技术手段是广告摄影应该追求的目标，但是首先要对这种特殊的"语言"有所把握，对特别的语汇有所了解，才可以自如地运用它。了解这特别的"语言语汇"的一个途径就是观看了解那些成功的"大师"作品。为什么在大师上加上引号呢？我们在这里提到的大师并非特指某人或着某几个人，而是指那些出色的广告摄影作品。这些作品本身就能够在各方面给我们提供借鉴：用光的奥妙、独特的视角、创造性的智慧，从而拓宽我们的眼界与思路。

（一） 清晰度

摄影自从它降临世界，追求图片中景物的清晰度就是拍摄成功与否的重要标准，在绝大多数的广告摄影中，照片的清晰度是一个最基本的技术指标，因为对于受众，一个产品本身的质量印象是通过摄影术中的这一环节来体现的，抑或是一个人物形象都需要照片有非常高的清晰度来提升视觉的感受力。所以"清晰"一直以来都是广告摄影本身品质的一个体现。照片的清晰程度主要是由光学镜头的设计与制作质量、摄影师的使用这两部分决定的。镜头是一个不可改变的物质条件，好的优质镜头会带给摄影师自信。但是恰当地使用也是至关重要的因素，还包括光的因素。我们可以从图82中体会一下"清晰"

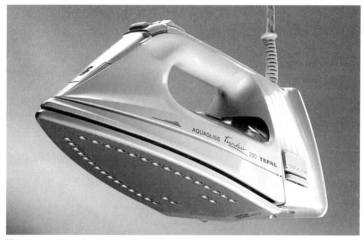

图82 JORG FRITSCHE

的力量，如果你的观察足够仔细话就会发觉：有一条边是模糊的，是不是摄影师的疏忽呢？不是的，那条边是摄影师有意挑选安排在那的。那么可以让所有的部位都达到同样的清晰吗？一般情形下不能，因为镜头的清晰是由光圈、对焦焦点、第一片镜片距被摄体的距离三部分决定的。理论上光圈越小，景深就越大（清晰范围），拍摄时你是否有效地利用了景深（把对焦点放在对象物体的那一点上）。对焦点说是点，实际上它是决定了对象一个平面的清晰度（和相机成像面平行），景深是对焦点前和后的清晰范围的称谓。但是当第一片镜片（镜头）离物体很近时，一切都会改变：使用再小的光圈，镜头都无法提供上面提到的规律性的景深，这一特点任何相机都无法回避。因此在照相机抵近物体进行拍摄时，把对焦点放在物体的那一点非常重要，因为关系到景深覆盖的空间是否合乎你的要求。要想获得一张清晰的广告摄影照片，首先要了解自己手中的相机，其次要选择好对焦点。

任何一个品牌型号相机及镜头的景深表现，都可能与它的同类相机在表现上有所不同（不同品牌、型号），因为各个品牌系列的相机产品和与其匹配的镜头设计标准不同，因此了解自己使用的相机是非常必要的准备。前面提到了广告摄影对清晰度的要求，在一个比较长的时间里都不曾改变过，在今天或未来大多数情形下这一点也不会有根本性的改变。但是随着新产品的涌现速度的倍增，广告的量也是水涨船高，周期越来越短，无形中也对广告的表现形式有了更多个性化的要求。当然，对广告摄影的表现形式的要求也是趋向多样化。如图83、图84，有意令广告产品的某一部分模糊，借此体现出运动感，或体现出一种人享用产品时的感觉。图83中的啤酒看上去有种饮酒后微醉的感受。这种有意以"模糊"作为表现手段，最著名的要说1944年罗伯特·卡帕拍摄的美军在诺曼底登陆的照片了。在此之前新闻摄影同样追求照片的清晰度。那一张无意中拍摄的战地摄影，开启了摄影表现的新视角。第一张以模糊的方法表现产品的广告照片是什么时候，已无法考证，但是今天这种方法在广告摄影中也是常规方式之一，尤其是那些带有一定运动性质和属性的产品。如图85、图86中饮料，产品本身就具有"运动"的特性。"运动"不意味着只有体育运动，"青春、活力"在某种意义上也是有着运动的特性。

图83 JORG FRITSCHE

图84 AFP PMM

图85 DAVID ZIMMERMAN

图86 载《装潢设计·商业摄影》 中国美术学院出版社

（二） 构图的运用

任何一种视觉艺术形式，都无法不谈到构图。在这里所谈到的构图，更多的是源自于西方绘画实践积累，而后逐渐丰满起来的构图观念。中国的艺术也同样有类似的艺术方法的观念，中国艺术绘画谈论构图的概念叫经营位置，与西方艺术不尽相同。作为摄影影像技术产生自西方，在影像美学追求与表现规律上与西方绘画同出一脉。本书在前面提到过透视的概念，这一视觉表达方法（透视）的发现结合油彩是在文艺复兴时期，令人类第一次可以完美地在两维平面上表达三维空间感受。这套艺术表达方法加上与其相配合的艺术理论，形成了一个相当严谨的逻辑体系。影像术可以说是西方艺术史中现实主义的超级延伸，同时也引发了新的艺术观念与表现方法的变革。影像术由于自身的基础特征，大多的时候还是以"传统"的审美规律为根本，也有背离传统的选择，目前的实验性摄影就是某种程度上意图颠覆审美"传统"的活动。

构图是有"规则"的。所谓规则是一些能够得以验证的、某种程度上能够被复制的视觉规律，而另一个极端的方式则是以打破规则为规则的，所以，构图有时候好像又显得无章可循、无法把握。正如韦斯顿所言："好的构图只不过是观看事物的最好方式。"任何意图寻求放之四海而皆准的构图规律与运用方式，都只会束缚自己的手脚，拍出某种意义上"合格"却很可能平庸的摄影作品。那么，摄影师该听任自己的直觉，让直觉引领自己恣意妄为，走到哪儿算到哪儿吗？绝对不是的！通过韦斯顿的话我们可以体会到：要符合人的视觉。这里提到的构图规律是人的视觉规律，而我们面对的对象都是个性化的个体，一种构图使得此图拍摄成功了，不能保证用在另一物体上也能成功，因势利导才是根本。

当摄影成为一种职业，我们需要依据可靠的规律来引导直觉，如果真有直觉的话，那就是大众心理审美规律。所谓知己知彼，百战不殆，只有了解了规则，你才能打破规则。

形象与背景　说到构图就涉及形象与背景之间的辩证关系。在相对纯净的背景中表现一个物体，如图87，我们会很容易观察到它的外形特点、颜色、质地，等等。而在一些相对复杂的环境中我们的视觉也同样拥有这样的自然能力。如图88，也验证了格式塔心理学派为我们提供这样的规律：〝我们的知觉系统有分离和区别个别物体的明显能力。在由基底中区分图形时，我们也把孤立的视觉成分分配给要求它们代表的物体。〞通俗地说，就是我们的眼睛有分辨、识别物体的本能，当眼睛在观看的同时，大脑把得到的信息给予看到的物体形成概念。因此在拍摄过程中，如何处理好拍摄对象和衬景之间的关系，决定了观众能否获得照片中的关键信息。当被拍摄物体被确定之后就会出现另外一个问题，在这个4∶3的画框内，它应该处于哪个位置呢？这取决于形态的具体特征和照片要表达什么样的意图，以及这种意图是趋稳定感的，还是具有运动感的。

空间　摄影术天生就是为了描绘三维空间而出世的，但只是限于在二维空间范畴里。在面对一个立体物时，只是记录一个影像和〝唤起人们对立体的印象〞不是同一回事（如图89）。前一种情况属于纯粹记录行为的结果，而后一种是要求摄影师有意识地使用常识的结果。非常关键的一点是：我们感觉到空间是在于深度（纵深感）的体验。能不能在图片中充分地表达出这一深度对于摄影者是一种考验。广告摄影中往往涉及一些在现实生活中非常小的物体，如衣扣（如图90），表现这样小的物体的立体感，要取决于你对表达深

图87 NORA SCARLETT

图88 SANDI FELLMAN

图89 RAMON GIOVANNI

度的要点掌握多少。有五个决定性因素：

透视　由于教育的因素，近大远小这一判断空间的常识深植于我们的潜意识当中。在我们斜角度观看一个立方体时，除了与眼睛水平面垂直的两条线之外，其余的线有汇聚现象并伴随着近大远小的现象，这是提示眼睛立体空间的符号。如图91，注意图中衬板的视觉作用。

重叠　当照片中有两个以上的物体需要表现时，我们以被叠加的物体为远（如图92）。

图90 FRANCESC BARCELONA

图91 载《世界传奇广告摄影》 吉林摄影出版社

　　结构梯度　物体本身结构的不断重复增加并形成某个方向的汇聚，这是暗示深度行之有效的方法（如图93）。

　　空气透视　利用照明造成的阴影，对深度感觉的影响也是非常关键的因素（如图94）。

　　照明　由于灯光的安排或者烟雾形成的视觉阻挡也是深度暗示的一种体现（如图95）。

图92 SILVIA BOTTINO

图93 SANDY LEE｜图94 TXOMIN SAEZ
图95 STEVE CAVALIER

（三）　色彩的运用

　　摄影自进入彩色时代以后，摆脱了黑白摄影的单调与沉重（只是针对黑白摄影的一个侧面），令我们的视网膜变得愈发"绚丽多彩"了。随着摄影在各个经济文化领域中扮演起各不相同的角色，广告摄影的天地也更大了。彩色摄影不但重现了拍摄对象在现实中的完整的本来影调，同时也赋予了除光与影之外的另一表现手段——色彩。摄影中的色彩运用除了颜色（物质性颜料）的意义之外，最具特色的要算是由光、材质（物体）、色三位一体带来的不同于之前的任何媒介的效果。除了色彩学中关注的对比、谐调、统一这些人类传统审美要求之外，最不同的是对材质的表现要求。同样的红色在平面设计中的体现，与依附于物体影像的体现很不一样。运用"色彩"作为创作主要手段，基本上是在三个方向上寻求变化：对比、统一、协调。这三个概念实际上始终都伴随着任何一幅彩色画面，只是存在侧重点不同而已。恰当地运用好对比（如图96、图97）的前提是对比因素（色彩）之间的面积、位置有一个得当的空间与比例关系。目前还没有一个现成的数据化的优势比例关系供我们使用，但是通常不好的关系是：色彩面积对比比例相似或者相近，这实际上是色彩学原理中就已有论证的。对比色彩的位置安排关键是如何处理好视觉中心的问题（视觉中心并不是指画面的几何中心），因为对比关系通常会容易引起视觉关注，一旦对比关系的位置并非视觉中心时，就要谨慎处理好它们。具体的方法是以用光、曝光作为修正手段。统一作为主要表现手段时，切记要避免单调，过于"安静"，否则容易造成死气沉沉的感觉。协调这一概念非常容易与统一混淆起来，协调针对的是多色之间的调和问题，而能够令多样色彩平稳地

图96 ASRAI S.A.

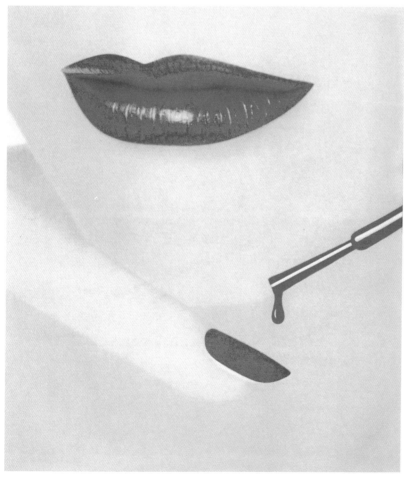

图97 ROGER CORONA

处于同一平面中的方法是：令它们的明度相近或相似，就是
让每一个色彩共同拥有同一个因素。也许是材质、也许是光、
也许是附加另一物质（如图98）。色彩是非常容易为视觉所注
意到的元素，恰当地构建出既强烈又能够和谐的色彩关系的影
像，对传达广告信息是十分有益的方法。

图98 BRUNO VAUTRELLE

（四）　影调的运用

摄影是光影的艺术，影调的处理直接影响照片的风格。这一点在黑白摄影方面体现得尤其明显。通常泛泛地谈到影调时指的是整体影像关系，并不针对影像中的某一部分。但是整体也必然来自于局部的集合，从局部或单个物体的影像来讲影调，就是必须具备黑、白、灰三个大的色阶区别（更细致的区分，如亚当斯他归纳出由黑到白10阶递进的影调）。，这是视觉最基本的要求。如何把握比例的分配则是由每个摄影者认识与理解、兴趣与爱好来决定的。一般来说，影调把握越细腻，表现出的影像也就越加丰富动人。但是事无绝对，最关键的还是恰当两个字。在影调分阶递进的基础上，图片整体影调大致有这样的分别：

高调　通常指以白色或者接近白色的浅色为背景和基调，突显主体。其特点是可以省略掉复杂的影调关系，令画面简洁干净，视觉中心显著。为了避免画面中过于生硬的投影，建议采用小光比照明，或者打底光。高调照片，天然带有一股女性的柔和气质，宛如一位正值妙龄的少女，并不需要过多的修饰与陪衬。使用这一调子的前提是，主体物必须具备精彩的细节和层次，否则，容易显得空洞和苍白（如图99、图100）。

低调　以黑色或深色为背景和主色调。从某种角度来说，低调和高调有类似的地方，那就是可以消除不必要的细节。两者的区别在于：白色是清除，黑色是隐藏。隐藏即有而不显现，因此显示出其神秘特质，具有吸引人去一探究竟的魅力。它仿佛一杯陈酒，散发着醇厚的芬芳。拍摄时多采用侧光，再以逆光或侧逆光勾勒其轮廓。大光比照明使得沉寂的画

[图]99 MARC.HENRI THEURILLAT

[图]100 A.SEQUEIRA

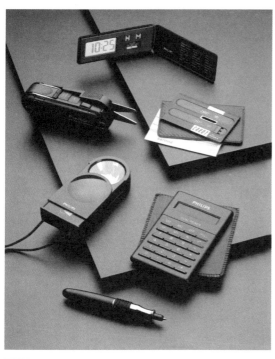

[图]101 LEON OBERS PUBLICITSFOTOGRAFIE

[图]102 ENRIC MONTE

面仿佛有了点睛之笔，稳健中透着勃勃生机（如图101）。

中调　没有高调那么＂轻＂，也没有低调那么＂重＂，由不同程度的灰色调组成。影调渐变柔和的中调，带有一种雍容华贵的气质，是商品广告摄影中应用最广泛的。由于在画面中最亮的＂白＂和最暗的＂黑＂之间有着丰富的灰色层次，画面看起来更精美、细腻，充满影调之美。拍摄时可进行不同光比的尝试。光比较大，则暗部少了层次；光比较小，则亮部少了层次。很难下结论说什么样的光比将导致拍摄的失败。一方面是其中有偶然的因素；另一方面，一张略显失误的照片，正好避开了中调照片可能导致的弱点：过于平庸和面面俱到，从而使个性得到彰显（如图102）。

（五） 灯光的运用

在摄影图片中，任何物体的空间位置由于光这种可变因素介入，所得到的结果都会随着光的变化而变化。改变光的位置、光的强度、光的色彩都可以带来不一样的照片。不过，并非用光越复杂、越多效果就会越好。相反，优秀的图片用光都是很简练的，用光数量（光位）取决于物体上光的反应及整体效果。在广告产品摄影当中用光有这样几种基本方式：

顶光　这个概念只是提供出光的基本位置，在结合了被摄体之后，就存在用光与被摄体之间的角度关系。光向被摄体后方移动就会形成带有逆光成分的顶光，向前方（相机位置）移动，就会形成接近正面光的顶光，物体的本身结构和摄影者意图拍摄的部位，令光的位置需要做出这样或那样的修正。顶光在广告产品摄影中是经常使用的一种光位，它比较接近我们日光条件下观看物体的映像，视觉上有熟悉的感觉，更容易被接受。这是把顶光作为主光的情形。顶光作为主光照明，一般是用漫射光性质的光源直接照射，或者由溢光灯照射，反光板提供照明。当顶光作为辅光使用时，往往是用来描绘物体的轮廓的轮廓光来使用的，顶光在被用来作轮廓光时大多是采用前面提到的溢光灯或者聚光灯。如图103中的为散光灯，即在灯前加用柔光罩的效果。（如图104）

侧光　侧光的使用率在广告摄影当中是比较广泛的，以物体

图103 余源

图104 SALOMOF.

与相机平行的平面为准180度的范围内，除去正面方位之外
都是侧光的空间位置。侧光很多时候是被用来作为主光使用
的，因为在这范围内的光照角度（单灯）（如图105），可以
大致描绘出物体的整体面貌，并且近似生活中的窗前光，显
得比较自然生动，容易被接受。但是有如此大的布置光位空
间范围，应该放在什么位置上更好呢？关键要真正了解自己
需要什么效果，在前面的观察章节中已经谈到相关内容。广
告摄影需要懂得评估所面对物体上光的表现。切记在打开灯
时不要把自己头脑中的〝想象〞忘得一干二净，应该在现有
的条件下，仔细观察物象是否符合自己的想象。侧光在作为
辅光使用时，一般相对于主光来说比较弱，其作用在于辅助
主光表现物体的立体感。侧面辅助光使用时要注意的是光比
的控制。（如图106、图107）

图105 余源

底光 底光主要是作为辅助光来使用的（如图108），底
光，顾名思义是处于拍摄物体的下方的光。使用时一般都需
要照片中是亮底效果，或者局部照亮物体底部。这需要一层
既能承受物体重量又要具有透光性的物质作底版，同时改变
底灯的光线性质即令其变为漫射光，只要在相机中不会看到

图106 ANGFL BECERRIL

图108 余源

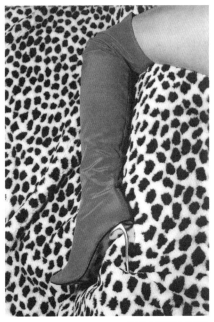

图107 FREDERIC MARSAL

灯源发光点即可。若是局部需要底光，可以在底版上铺设一层不透光的纸或者布（如图109），并在上面挖掉所需透光的部分即可。使用这种光线的一般用于拍摄需要表达通透感的物品，如玻璃制品、水果等，不透光的物品较少使用这种

图109 FRANCISCO PRATA

光，使用的话一般是用来营造某种气氛的。

背景光　背景光与底光相似，也是辅光性质。它不直接作用于物品上，是向背景投射的光线（纸或布）。背景光一般需要聚光性质，即能够在背景上投射出某种形态的灯（形态看需要）。达到这一要求就要在溢光灯上加上聚光罩或者塑光遮片（如营造百叶窗效果），没有条件的可以自制聚光罩，只要

图110 学生作品

图111 学生作品

图112 余源

达到上面所说的用光效果即可（如图110、图111）。

逆光 逆光效果在普通摄影当中时常被运用。逆光非常动人的地方是在被摄体上形成光亮的轮廓。那么，这不是和前面讲到的轮廓光相同吗？在日光条件下只要阳光不在头顶上，上午与下午的日光都会让我们捕捉到迷人的逆光效果，但是在影室中使用人工光源拍摄出物体轮廓光却并非易事，因为人工灯具是没有太阳的亮度和辐射范围，还要避免灯头及灯杆出现在相机取景器中。由于营造轮廓光的灯位置活动区间较小，因此没把它放在此节中详述（如图112）。在广告摄影中，逆光一般会作为主光出现，适用的对象比较突出的有玻璃制品、器皿、化妆品等。在需要照片有一个白色的背景时也使用这种光。塑造这种效果的基本上是漫射光（带柔光箱的电子闪光灯）。没有条件的朋友，可以在灯前放置一块带有散光性的布或者纸来改变光的性质，这一散光层和灯要有一定的距离，只要在散光层看不到明显的灯点即可。同时可安排若干支灯形成这种逆光，这样光照会比较均匀（如图113、图114）。

图113 ED LOHMAN

图114 CARLOS AGUADO

（六）　创作意念

创意是一个目前非常令人着迷的话题，尤其体现于设计或者相关行业，当然包括广告摄影，在这里我们也不可避免地谈到它。创意在我们的感觉当中似乎无所不在、无所不能，只要你拿起某一类工具描绘出一个画面，当中就自然地存在创意，创意似乎太容易就可以获得了。首先需要明确一下创意的概念。"创"应当理解为创造、开创。什么是创造？创造意味着一个具有崭新意义的，有别于以往常态中的同类。而"意"则应理解为意图或者意念，也就是说是人脑海中的想法。综合起来就是创造性的意念或者意图。这只是从文字概念上来理解。在视觉艺术当中，必然是以各自不同领域中的形式语言体现出这一概念，同时还有一个必须的条件：能够被他人所理解和领悟。

达到这一要求在视觉艺术领域中是比较困难和复杂的。我们回顾西方艺术史就会发现：似乎每一个对艺术表现卓有贡献的艺术家，在当时都是不被人理解，而他们创造的艺术得到认同或说是理解往往都在他们身后的一段时间。由此我们似乎可以引申出"有创造性的东西在当时都是不被理解的"这一判断。公正地讲，这一判断是非常狭隘地把焦点集中于这些相对极端的范例的结果。因为在那些极端的例子周围，还有很多在当时就被肯定的艺术家范例，可以在艺术史中以他们为点，横向寻找就能够体会到。除了上述的这一现象之外，还有一个被忽略的因素就是艺术发展的历史阶段。艺术史（人类审美史）以18、19世纪为一个分水岭，之前人类的审美意识与审美标准是趋同居多的状态。趋同是指以地缘、国家、民族、这样不同的地区人群概念为基础。原因在于社会经济发展水平以及当时的交流障碍，使得人类的目光更多地集中于本地区。当工业化浪潮来临，西方社会经济飞跃。其后伴随西方帝国行为在全球蔓延时，人类的审美意识与审美标准都发生了巨大的变化，这一变化是全球范围的变化，包括殖民者与被殖民者、掠夺者与被掠夺者双方的文化（包括艺术）互相冲击、互相渗透。此后人类的审美向着多元化的方向发展，人们的视野也变得更开阔更宽容。这一过程当然不是短时内达到的，其间的艺术与审美的变化也是一个渐变的过程。在这个由单一过渡到多元的过程中，创意在视觉艺术中经历了它的鼎盛时期。从绘画艺术发展到行为艺术，旧时的贵族艺术过渡到了今天的平民艺术，创意帮助艺术从神坛走到了民间。在今天全球经济、文化日益一体化的趋势之下，以为可以轻松获得"创意"是非常不现实和不自知的表现。这样讲是否就意味着放弃创造的理想呢？当然是"不"。创造的欲望始终是人类完善自我的最佳方式。谈论这许多只是希望创意不会在我们的认识中变得轻浮，创意是智慧的火花，是一个人常识、经验、技艺、感受的结晶。把创意理解为创作的意念的简称更贴切些。

那么优秀的意念在以影像为基本表现方式的广告摄影当中，应该表现成什么样子呢？首先需要意识到这是"为广告的摄影"，广告是这一摄影形式的终极目的。而广告又是什么呢？而今不同类型的广告我们都并不陌生，诸多类型的广告它们共同的核心是什么？它纵有千般变化，最关键的是"信息"，运用方法使得更多的人们获知某一"信息"就是广告。摄影是广告众多渠道之一。这信息可能是某一件产品，也可能是某一种社会伦理观念，也可能是某一企业、政府机构、个人的社会形象，等等。摄影图片呈现给视觉的是现实中的一瞬，广告摄影就要在这一瞬中以恰当的意念与技术传导出信息。而传导是否成功，就要看公众在短时间内对它的反应与理解程度。为什么是短时？现代都市中的生活是一个有着过高信息量的生活，现在的广告和类似广告的东西实在太多了，人出于本能保护自己的目的会自觉排斥很多信息。面对这样的态势，越发要求拍摄行为的目的性要非常强，有针对性地实施拍摄。

（七） 动静皆宜

平稳构图的不动之动

平稳的构图是我们接受起来非常自然的方式，令我们联想到什么？封闭式、黄金分割、不等边三角形、平衡、求全、对称等的构图，给人安稳、安定的感觉，也是商品广告摄影经常采用的构图方式。我们都知道，运动是绝对的，静止是相对的，安静的画面给人不真实、稍纵即逝的感觉。根据格式塔心理学的观点，看似安定的画面中的静止事物仿佛蓄势待发。在稳定的环境中彰显产品的细节，也正因为构图的稳定，使画面具有一种特殊的张力，给人呼之欲出的感觉，这就是平稳构图的不动之动。

凝固的节奏

动态构图，通常为不安、开放式、失衡、缺失、切割、偏离、倾斜形等等构图，给人以动荡的感觉。这类构图方式近年来颇受年轻摄影师及客户青睐。原因在于它适合于体现年轻、时尚的物品和主题，符合年轻人反传统、叛逆并乐于接受新鲜事物的特性。相对于平稳构图的不动之动，动态构图的运动感更直观，并具有煽动性，而且它也因为独特的视角，容易吸引眼球，同样适合于制造活泼、幽默以及戏剧性的效果。动态构图的特点鲜明，仿佛一首曲子进行到中途戛然而止，停顿在某一瞬间，而之前的旋律似乎仍余音袅袅，之后的旋律却因不可知而陷入一种超现实的空灵状态，使充满动感的空间一下子进入真空。它又像一张表情丰富的脸，夸张却充满创造性。

选择构图方式，就像量体裁衣

形式服从内容，这是老生常谈了。这是一个张扬个性的年代，受众或者说消费者，对格式精美图片的敏感度降低了，相应的，感动、惊奇、刺激、快乐的门槛也越来越高。作为初学者，多进行一些不同的尝试，说不定会有出人意料的效果出现。比如在多采用稳定构图的酒类摄影广告中采用动态构图，会令人产生＂年轻人喝的酒＂的感觉，少了稳重和古板，也避免了通常酒类摄影作品给人的高不可攀的感觉。在这里要提醒诸位：反弹琵琶有一定的风险性，毕竟，不是所有的人都爱在大冬天里吃冰激凌。了解拍摄对象的特点和用途，再选择构图方式，是适得其所还是反其道而行之，就悉听尊便了。

（八） 优秀广告摄影必备的因素：
明确的主角、恰当的布景、质感的体现、与
众不同的创意

在进行广告摄影或者其他类别的摄影的学习之初，难以避免地会存在一些困惑和茫然，这种情形的产生源自于对新事物的陌生。首先面对的就是需要动手操作机器设备，包括照相机、灯具、支撑架、测光表，等等。在这一番稍嫌复杂的操作之后的目的是拍一张漂亮的广告摄影照片。但是努力的结果是不是能够获得成功是不确定的，这就关系到你是否了解应该怎样做才能获得一张优秀的广告照片。应该具备哪些条件、注意些什么，才不至于使努力付之流水。首先，应对广告摄影建立起一个从视觉感官到理性分析的判断标准。什么样的照片才是一张优秀的产品广告摄影照片？这对后续学习的深入和展开有非常重要的作用，在观摩他人作品时也更有利于吸收他人的成功或失败的经验，在自己的拍摄中或拍摄后有利于检讨拍摄过程中存在的疏漏，如此逐渐地从感、识，两方面积累经验，最终达到能够自如地驾驭各种题材和设备。视觉经验和拍摄经验在广告摄影中起着非常重要的作用。

需要明确，对图片的要求在广告运作中是不相同的（前文提到广告的形式有很多）。既然需求不同，随之而来的是照片的面貌也不一样，评价的标准就不会是同一种标准。这里所谈论的标准只适用那些广告对象为产品（小型日用商品为主）、以独幅形式或多幅形式进行发表使用的广告图片。需要摄影师对产品进行有意图地摆放，通过设计运用灯光比、物体质感的对比、色彩对比、形态形体对比以及塑造它们之间的和谐关系，对主题产品加以表现的广告图片。

一幅好的广告摄影，一定要有好的主角

这看起来似乎是个无聊的问题，什么是〝好〞的主角？这个〝好〞并非是要在拍摄对象当中，挑选出它们当中的品相好的某一个来，也不是指照片要拍成通常意义上的〝好看〞的意思。任何一张图片的拍摄都存在有〝为什么〞这个问题的，广告图片同样需要提供出答案。这不是说要令你的广告照片显出深刻的含义来，一张风景照可能对拍摄者是有意义的，因为觉得那好看或觉得美，但是它可能对其他人没有任何欣赏意义。但是广告图片则不同，它必须在普遍（起码是某一群体）视觉中有认同感。被拍摄的产品在图片中呈现〝最佳〞状态，对于广告是非常重要的，也是摄影师需要牢记的。一件产品的形貌得到充分的表现并且符合影像美的基本要求，图片意念与照片使用目的相一致才是前面提到的〝好〞。拥有良好的设备及工作环境加上旺盛的热情，并不能够保证一个〝好〞的影像的产生。

首要的就是你的作品表现的主题是什么。就一幅产品广告图片来说可能出现两种情况：一、没有衬托物品（如图115），二、有衬托物品（如图116）。前一种情况较单纯，但并不见得好处理，因为画面中的形象单纯导致视觉的关注度较高。这种方式主要是运用灯光的技巧和对被表现物品品质的想象力，后一种相对复杂，更需要理性面对。因为人的注意力容易被陪衬物分散。二者情况不同，前一种情形似乎容易操作。但其实不然，拍摄对象明确，但表现是否足够〝好〞，能够做到令受众一目了然地体会到主体物的品质却不是能够一蹴而就的。后一种情形由于主体物以外有其他物品的参与，首先在选择陪衬物和灯光效果的控制上显得复杂些，因为光的影响，极易导致物品间的视觉层次出现主次不分或颠倒的情

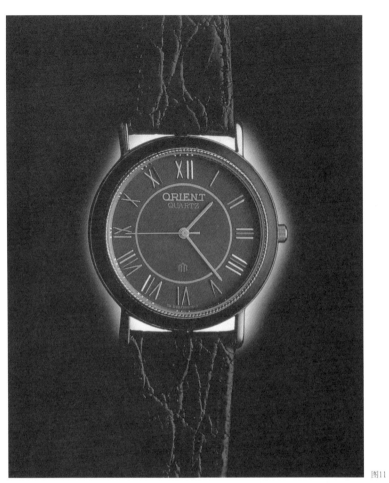

图11

图1

形。其次就是拍摄现场的视觉感容易左右拍摄者对照片高要求的判断。这种在现场改变初衷的情形，有时会产生非常好的作品，有时则是相反。初学者尤其需要注意：理性的观察和判断是广告摄影必需的一种素质。

图片"主角"的视觉地位是首要被关注的，我们可以从受众的角度去体验一下：一幅本意是为表现产品的图片，观看后却无法获悉此产品的制作材料是什么，制作工艺如何以及与同类有什么不同。再比如一幅从色彩到影像都很绚丽的照片，而令受众产生出图片的意图是什么、为什么要拍这张照片等等这类疑问时，意味着广告主的投入和拍摄者的劳动都化为乌有，对于拍摄者也显然是一种尴尬（若是艺术表现则是另一个范畴的问题）。这决不是把责任推向受众欣赏水平就可以解决了的。由此，需要在拍摄构思到完成拍摄的过程中始终明确照片的主角是谁，这也是广告摄影最基本的要求。

在照片的构思阶段，一定要多从受众的角度对自己的"创意"（想法）进行检讨，看是否在第一时间就能够令人体会出你未来的作品中所要传达的信息，并且能令人有继续关注了解照片中表现的是关于哪一类、哪一个款式甚至型号的产品。意图达到此种效果，首先的一点就是主角突出，能够令人一目了然。不管它的环境是否出色，也不要令主体的视觉位置受到干扰。否则图片本身的功能就无法保证。如图117这幅照片的意图是想拍摄"神窖老酒"，但是这一意图由于陪衬的物体在图面中所占据的面积过大，视觉上比较之下，主角在整幅图片的视觉面积只相当于十几分之一，虽然主体的摆设占据了中心位置，但是，广告主体依然欠缺——可视度。作为广告摄影不能假定受众在一幅作品前寻找目标。另

图117 学生作品

外就是环境的布置，虽然画面中陪衬的物体是有意要塑造 "神" 的感觉，但三个道具各自的特征都非常强烈、鲜明，而它们各不相属的属性也同样鲜明。如果延续这一拍摄意图，那么需要选择三个衬物中一种为主，构成衬托环境。此图中的色彩以及灯光安排还是非常可取的，有很强烈的戏剧效果，有利于塑造 "神" 的感觉。同样的主体我们再看这一幅（如图118），虽然图中的主体与上幅相同，主体的成像面积比较上一幅则大大提高了，但左右两个小木雕实在无法想象它们与酒的关系是什么，而且它们本身就已经是完整的商品了。如果想营造出与酒本身相关的历史感、文化感，也应首先确定这是怎样的历史，而不是随意摆放一些自己感兴趣的物品。整体光线的把握及整幅色彩的安排上显得过于沉郁，从实际的图片使用角度考虑，不利于商品的市场形象塑造。

练习题：

（1）选择一只家庭中使用的玻璃杯作为拍摄对象，不要使用复杂的背景环境，只使用纯色的背景纸或布，通过摆放的方法、布光的方法进行拍摄。

（2）还是选择玻璃杯，但是需要若干只，拍摄时只以其中一个为主，其他作为陪衬进行拍摄。其他的杯子一定需要一种有意的摆放方式。

图118 学生作品

注：在广告摄影中，"好的"主角是不可或缺的，但也有例外的时候，视照片内容而定。有这样一类广告照片，它所面对的产品不是拍摄一属性鲜明的产品，而是为了配合文案，拍摄一种更多强调感觉的照片（如图119），没有特别地指向更为具体的哪一款饮品。比如我们看到的图片，可以看出这是具有纯自然水果的饮料。这个概念强调的是纯自然，非"人为添加或配置"。我们从图片看到到光线的布置也同样具有这一概念的感受，焦外成像上也隐约给人以果园的感觉。

图119 RENATO MARCIALIS

物体的特性是否被表达彻底

广告照片中的每一个产品都具有自己独特的形态、功能、质感，而这些因素都可能是此产品特性的体现。作为照片的使用者或拍摄者都希望产品被表现得卓尔不群（尤其是在同类产品中），但是哪些才是它独特的面呢？在产品同质化现象非常普遍的今天做到这一点是要花费些精力的。产品的特性一方面体现在产品自身，另一方面需要通过所有可行手段，人为的赋予它个性（如图120，图121）。首先是关注产品是否具有外在的特点，既然是特点就是和同类相比较而言的，若特点并不突出，就要通过从产品的衬景或特别的用光着手。不论从何种角度表现，需要明确的一点就是：产品的质感需要保障。质感对人们接受产品信息是非常关键的，同时质感对视觉感官影响也是非常大的。质感是由光作用于物体，并由物体本身特有的物理因素形成的有别于其他物体的反射光。在拍摄中，一物体的质感得到恰如其分的表现，除了光的因素以外，就在于由它周边物体的衬托对比来达到。眼睛得到充分的刺激在于对比，有对比才能使我们关注到此物体和彼物体的区别。模糊的质感对比，会令产品的影像受到程度不同的损害。对比是表现物体特性时的重要手段。如图122中的金属瓶与背景中揉皱的牛皮纸的搭配，就是一种注意到质感对比的体现。大家会注意到金属的质感因背景的衬托会显得非常突出，皱纸的出现也令整张照片显得别致。当然这也并非一张完美的照片，一些细节被忽略了：如牛皮纸高度在瓶肩部位重合是此图当中一个小纰漏。另外瓶体左右两条亮线的宽度相等，也是造成照片的遗憾之处。

图120 JOE FELZMAN STUDIO

图121 RIMI JANSEN FOTOSTUDIO B.V

图122 学生作品

练习题:

(1) 选择表面光滑的金属制品为主体,以表面粗糙的金属材料为陪衬物进行拍摄。需要留意主体与衬物间色彩、明度、形态的关系。

(2) 选择饼干为主体,玻璃为衬板进行拍摄,需要留意玻璃板的边缘在成像上的形态和画面中的空间位置。

物体的环境布置得当吗

主角与陪衬物体之间的大小、位置、彼此间属性的呼应，对拍摄时视觉观察的影响是举足轻重的。成像的大小固然与取景时的选择有关，但也要注意一点：你给予一个物体以衬景时，摆放是否得当也能够左右主体成像的大小。在拍摄中有这样一种现象，当你摆放好物品和衬物之后，物品与衬物的大小比例关系，会左右拍摄者的取景和构图，令你难以对其进行得当的取舍（这属于视觉心理的范畴，有兴趣的读者可参照此类著作加以研究）。比如说画石膏像"大卫"，很难想象会选择在8K纸上完成。摄影也一样，当图123中的衬物百合花如此与首饰一起放置时，基本上已经注定了拍出的效果会怎样。而图124的摆放方式较之上一张则好多了，从照片整体效果上来看，立体感、空间感更强，影调的表现也更细腻。

另外，物体与衬物之间在特性上是否相属？通俗地讲：它们是一伙儿的吗？这一点对照片的成功与否起着非常关键的作用。人对所见的物体及其相关联的物品有一个基于日常生活逻辑的判断标准，瞬间我们会有结论。比如工业产品中的剃须刀与蔬菜，这两者就相去甚远，一般情况下就不能把这两者互为陪衬。而同样是刀具，把剃须刀换成厨用刀具（如图125），物品间的属性就显得很和谐。我们的生活习惯以及文化背景、思想观念会为我们在选择被摄主体的陪衬物品时提供选择的原则，这也同样成为我们评价时的**一部分标准。**

练习题：

（1）选择一种文具作为主体，在选择陪衬物时最好不要选择直接关联的物品。比如铅笔与纸张的关系。

（2）选择某种刀具为主体，选择花为衬物进行拍摄。两种物体差别很大，关键是看选择物品的对应关系。

注：一切标准都可能在时间的流逝中发生变化，尤其反映在今天，文化的多向性渐渐地成为理念上的习惯。尤其自"后现代主义"之后，一种奇特而有趣的现象是，过往生活中诸多的不协调在今天成为新的协调，一些传统的界限被打破。这一点非本书的重点，只是在此提醒读者，没有绝对的标准，所有的标准，随时代的变迁都可能改变。

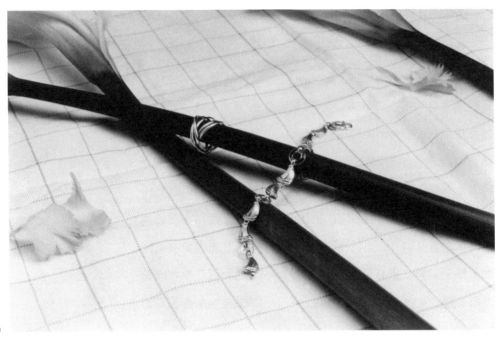

图123 学生作品

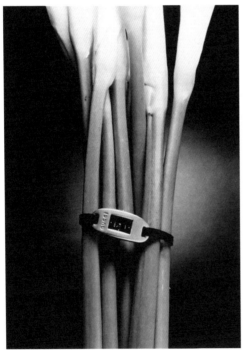

图124 学生作品

图125 学生作品

这幅照片有"创意"吗

把这条放在最后，是依据在现实当中广告摄影被客户或设计师的关注次序而设立的。评价一幅作品时是不会照本宣科地逐条逐条来进行的，这样排列是为了使叙述上更清晰。创意应是各设计门类当中最不可思议的和跳跃无形的思维活动。一般来讲，在一个领域当中做同一件事，最出乎人们的意料之外，又能够在情理之中的举动，是最富有创意的（如图126、图127）。但不是所有的创作者在面对所有的题材上都可以做到这一点，也不是所有的事情都具有可以产生好创意的基础条件。并非主观能动方面努力的够与不够，而是条件（拍摄者当时的思维状态，被拍摄物品的可发展性）是否具备。创意的极致表现也不代表普遍性，如果一个非常独特的甚至怪异的创意不被接受，在作品问世的当时也是没有现实意义的。而毫无创意可言的照片，给人的感觉是沉闷、呆板、缺乏光彩和缺少被关注的价值。因此评价一幅照片是否具有创意，是综合了常识、风俗、观念、形式语言（形态、色彩、质感、比例）等诸多因素的一个综合性的标准。如图128,我

图126 PLETER MILLARO

图127 TIM SIMMONS

们很快就可判断出在图片中呈现的是何产品，但同印象中的又确有不同，上面分明是棵胡萝卜，只稍许瞬间就会明了它所要传导出的意图指向。如图129、图130,这是两幅上世纪80年代某打印产品公司的广告，透过两幅画面我们可以体会到该企业产品的技术优势，连这些小动物都会被其产品的逼真效果所迷惑。虽具有夸张的成分，但却有其逻辑上的合理成分，很特别，而且主角——打印产品的表现不会因为衬物的超常令它的信息受损。并非是所有的广告摄影都要像上面图片中显示的那样才是创意，也完全可以是以纯粹的画面形式感入手。如图131、图132,图中可以体会到两张图片都是以色彩对比、平面中图形间的关系作为主要表现手段，并无更深

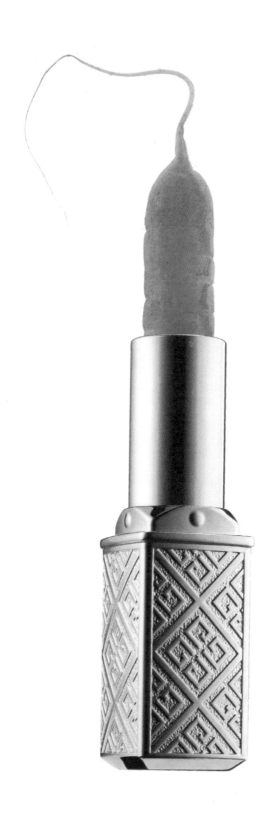

图128 BRUNO VAUTRELLE

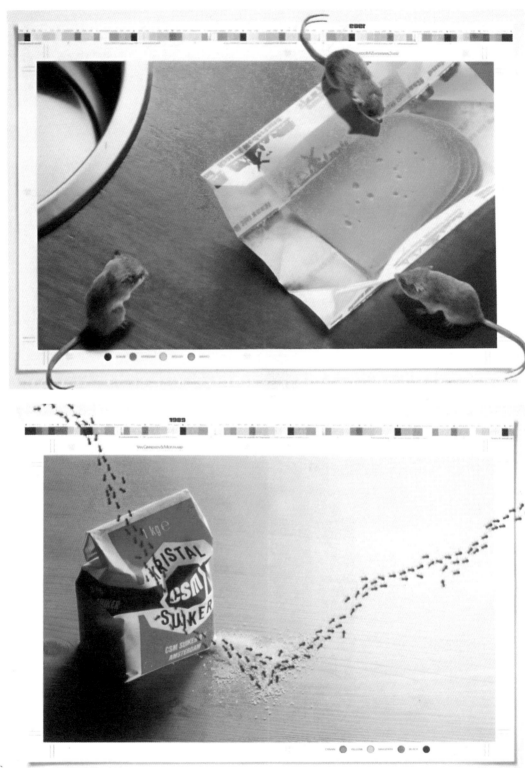

图129 ADVERTISING
图130 ADVERTISING

含义的体现，但我们可以感受到它们所带来的视觉冲击力。

　　广告摄影首先是因有实际使用的需要才会存在，信息的传导需要通过创意能够使得它们被大多数人所接受。作为普通人，在画面具有某种深意却又可以被愉快地理解时，是很容易接受其中所携带的信息的。但是纯粹的视觉方面（色彩与图形）的构成具有冲击力时，其负载的信息同样会很快被接受（如图133）。而人们的接受能力与接受的趣味，也是处于不断的变动当中的，这就需要拍摄者的拍摄意图能够在两者之间取得平衡，这就要求摄影师不单有优秀的技术，还需要关注社会主流情趣的变化。

练习题：

（1）选择一种产品为主体，从画面中的形态或颜色的角度进行拍摄。

（2）选择一种产品为主体，以间接方式表达产品的性能为目标。尽量以比喻、联想的方式进行自己的拍摄。

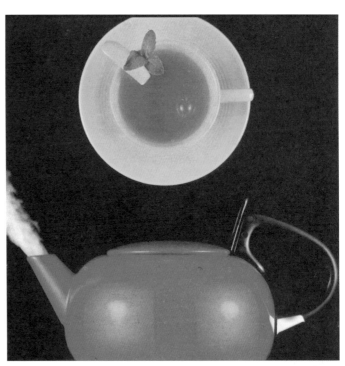

图131 载《装潢设计·商业摄影》
中国美术学院出版社

图132 PAULO DE ALMEIDA BRAGA

图133 陈明烽

(九)　学习阶段作品的分析

这一节主要关注处于学习阶段的拍摄者的一些作品，并在观赏这些作品的同时，体会前面讲到有关广告摄影的各个环节。这些作品跨越了上世纪90年代初至今十几年的历史，从这些作品中不但可以看到有关技术与技巧的运用发展，还可以看到摄影拍摄者群体性的审美情趣的变迁。需要说明一点就是审美情趣不存在先进与落后，时尚并不是广告摄影视觉审美的不二标准。希望读者不会以此观点看待这些作品。我们的教学方式与方法，也在这段时间当中不时地发生着变化，当然本书的作者也在其中成长变化。

作为学生阶段的广告摄影行为有这样几个特点：

1. ″唯美″倾向较重。所谓″唯美″指拍摄者从选择拍摄题材时，就以自己认为的″有效果″为准则。在前面的章节已经谈论过，这种选择标准是不能够对掌握广告摄影有什么实质性帮助的，同时也是与真实工作情形相悖的。另外体现在拍摄过程中：自己的预想与现场呈现出的效果之间无法进行有效的评价。为什么说是″有效″呢？现实中出现这种落差时，拍摄者往往会不自觉地执着于自己脑海中的画面。

图134 学生作品

比如曾经有这样一个例子：一位同学在一杯水的液面上，感受到了自己观看湖面日落时的景象（图134），非常兴奋地拍摄下来，但是照片出来后却完全不同于他自己当初的感受，令他觉得非常失望和不解，因为当时他的注意力欺骗了他，他看到的那一点在整体影像所占的比例也就百分之一。

当按照自己预想的效果摆设物品、布置灯光、测光后，是不是真的能够呈现出自己所希望的效果？这种现场评价对于拍摄者是很重要的，预想与现实之间或多或少都会存在不同的地方，原因是多方面的。现场呈现出的情况可能是好于预想也可能差强人意（很多时候），是现场修正还是改变思路，所依赖的就是这样的判断力。如图135，首先我们很快就会发觉最上面的苹果有〝穿帮〞现象，从背后支撑苹果的支架投影投在了背景上。其次上面的苹果成像与下面的比较明显差了很多，原因是上与下的物体不在一个成像面上（上面的苹

图135 学生作品

果在焦点以外），再有就是上下物体成像面积落差过大。而这三点应该都是比较容易发觉的，但却没能在拍摄段避免而留下遗憾。这也是体现了具备"想象"能力的必要性，"想象"不只限于拍摄前，对于显现于眼前的物象的想象对判断也同样重要。

2.　拍摄意念上受制于各种媒体已刊载的广告摄影作品的影响。实际上上面所提到的选择题材问题中也有这样的因素。通过观赏作品作为学习的方法是无可争议的，只是不要被这些作品左右自己的拍摄意念，应该在拍摄思维方面培养起独立性。起初的拍摄一定会有许多问题不尽如人意，只要有充分的心理准备（学习拍摄的决心）和细心客观地观察自己作品存在问题的能力，就会在不断的拍摄中逐渐地完善自己的综合能力。观赏在拍摄前（不是拍摄准备期）与拍摄后都是很好的充实方法。

3.　三维的物体在转化为二维的影像时，忽略立体感的塑造。一方面是由于影像的视觉经验不足，另一方面是对影像与现实之间的差异没有足够的认识，想当然地认为物体本身的立体现实会自然转化为立体感的影像。还有一个可能的原因就是传统的影响，在拍摄当中有个现象：同学都会不约而同地一再要求提高灯的亮度，实际是因为现场观看时显得"清晰""透亮"，分毫毕现。这种"清晰"和影像需要的清晰不是一回事，往往它带来的是影像的平面感（如图136）。可以观察一下照相馆的人像作品（非证件照）就会发觉，大多人物的脸上很少有阴影，显得非常明亮，五官分明清晰，但是整体上缺乏立体感，这种现象实际上是由市场要求决定的，是民众集体审美要求的体现。作为人像摄影民众喜欢是其存在的先决条件，但作为广告摄影对象的目的（信息传

图136 学生作品

播）不能忽略立体感的塑造，以影像表达立体感是物体、拍摄角度、光三个因素彼此作用的结果，在拍摄角度观察物体需要有受光面与背光面的区别，就是明与暗两个概念的体现才可能表现出立体感。至于光的强度是否充分，明与暗的对比是否得当，需要通过测光表来协助判断，依靠眼睛的现场感受是不可能判断出闪光灯强弱的。

4. 日常生活中的常识不能自觉地带入到拍摄行为当中。在拍摄时，常识是对面前的现场作出判断的依据。比如想要表现玻璃的通透感，可能起初没有考虑得很详细，想当然地给器皿搭配个深色的背景。因为在我们的印象中玻璃是明亮的，似乎黑色恰好给明亮一个很好的衬托，当图片拍摄完成后就会发现，深色的背景"吃掉"了部分器皿的形态（如图137、图138），被拍摄的玻璃体的形态已变成残缺不全。我们可以辨别万物——关键的是物体的轮廓在起作用。上两幅的问题是，完全忽略了玻璃显而易见的特点是——透明。这虽不需要特别的提示，但却恰好出现了"视而不见"的现象。而且在成像上器皿上形成很多令人看起来不愉快的光斑，整体效果显得非常琐碎。面对类似的情形，大多的初学拍摄者会

图137 学生作品

图138 学生作品

表现出不理解。实际上在此时只要令自己冷静下来，常识就会帮助你发觉问题的所在。还有一个带有普遍性的现象：人类的眼睛是一个自动变焦镜头，它的适应光线变化的能力是极其强的。当它观察光线暗淡甚至很黑的地方，只要一会儿的工夫，黑暗地方的景物就会清晰起来（视觉感受）。当它转向明亮的地方，同样的视觉感受就会重复一次。人类眼睛的这种适应明暗的能力照相机是不具备的，但是在很多时候我们想当然地以为，相机也同样拥有这样的能力。这现象提醒我们，相机是一个有宽容度概念的机器。在我们摆设好一个场景后，对于画面中明与暗两部分影调，拍摄者要评估两者的差别有多大。即便是在有测光表辅助的情况下，因为获得照片的途径是现有的彩色扩印系统，扩印系统的宽容度较之照相机还要低，所以以整体的眼光观察现场中的画面部分是很关键的环节。

5. 不习惯以草图的方式固定自己的拍摄意念。从我所接触到的初学者，他们大多数不习惯画草图，其中一部分人是因为自己很了解自己的拍摄意念，一部分人是抱着在现场随机拍摄的念头。其实当自己挑选了拍摄的物品时，一般就会在脑海中有了大致的拍摄意图，但是这意图只能是不确切的、模糊的。在广告摄影的拍摄中并不像在纸上勾画自己脑海中的形象那么直接便利，如果不勾画出自己照片的草图，是无法意识到很多的细节问题的。而这些细节是关系这一张照片是否能够拍摄成功。比如物品的支架大小与形状，是否需要异型的小型反光板，特殊效果的营造方法，背景使用纸、布或者其他什么物质，是否需要助手帮助，等等，还包括照片整体效果上的考虑（构图、色彩、光线），这些是无法凭空想象的。不做这样准备的拍摄往往会导致拍摄结果听命于运气。

第六章、 以对比的方式拍摄
——典型性物品

在广告摄影中因为产品的影像会出现在不同的媒体中，产品宣传册、产品目录、海报、杂志、报纸等，自然对摄影的要求也不会一样。当代的广告设计非常强调受众群的针对性，相应的摄影也要迎合这一要求。单纯的产品摄影显然不能符合这一要求，这就需要拍摄者能利用其他材料为产品构筑一个合适的环境氛围。

第一节， 表现金属

金属材质的制品拍摄在广告摄影内是一个非常具有代表性的题材。日常生活当中也是这样，大多的工具都是金属制品。金属有很多的种类，现代的加工方法也很多（主要指金属表面），从视觉效果上可以区分为高反光、亚光两大类。对于拍摄照片而言，高反光的金属制品在拍摄当中对环境条件要求比较高，因为被拍摄的物体基本上是立体物，只要是立体，这种高反光的金属物就像一个立体的镜子，四面八方环境中的所有物体会进入它的"身体"中形成镜像。考虑到最终的拍摄效果，在拍摄时就需要使用所有可能的方法减少这种镜像。一般做法是：使用白色的布、泡沫板或纸进行遮挡，使用布材的方法大多是专业的遮光幕。使用纸、泡沫板是比较现实的材料，缺点是因材料关系，实施遮挡时会有痕迹落在被摄物体上，尤其是被摄体接近球状时，这种缺憾就会愈发明显（如图139）。作为学习阶段的拍摄，虽然有这样不可避免的遗憾存在，但非常有必要了解这类物品在拍摄时将会遇到哪些问题，再次操作时如何去避免。因为只有现实当中操作过，对这种现象有一个切实的体验才能够避免图像上的遗憾（如图140）。

一般的金属制品对于广告摄影，根本性影响只在于其表面（金属加工工艺）效果，因为它直接影响拍摄时你可能采取的拍摄方式。大型的可以以汽车广告的拍摄为例，小型的

图139 学生作品

图140 学生作品

可以以首饰或类似这种小汤匙，因为有上面谈到的现象，因
此拍摄这类题材实际上都需要"柔光箱"。这个"柔光箱"
可能是加于灯头上的，也可能是加于物体上的。加于物体上
实质就是为物体搭建了一个白色可透光的"房子"，以此避
免杂景进入物体的成像中，在制作的材料上没有限制，只要
符合透光的要求即可。

　　金属物体光滑的表面效果，主要是通过照片中金属物"身体"
上完整流畅的光斑来达成的（如图141），均匀细腻的影调、

图141 SAMMY WONG FOTOGRAPHY

布局恰当的暗影影调是此类物品在影像方面的基本要求。从
视觉观感的角度，透过这些因素在感官上可以断定这一产品
的质量。当然，这并非真正意义上的商品质量标准，但是摄
影的工作目的就是营造感官上的优良品质。金属材质的制品
（工业产品、手工产品）涉及生活的各个层面（如图142）
。比如工具：文化类工具、家庭用工具、时装饰品、首饰、
厨房用具、工程用工具等等。每一个种类的产品当中彼此的
市场价值是不同的，一把裁纸刀有专为普通消费者使用的，
也有高档次的，这是很简单的例子。现实商品的分类要细致
得多。这种价值是要体现在图片中的，选择什么样的材料作
环境背景，不可避免地要在视觉上与被摄体形成对比关系，

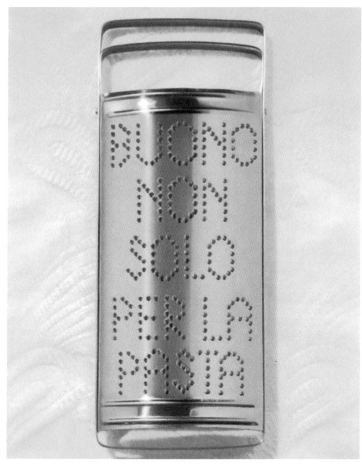

图142 ELETTRA FOTOLITO S.R.I

物质体之间对比的元素无外乎材料质地、形态、色彩三者。材料对比程度的把握是一个见仁见智问题，通常会以粗来衬托细、以软来凸显硬、以沉重来表现轻盈、以沉闷来衬托鲜艳，等等。

以不同于被摄体的材质做背景或者塑造一个环境，主要的作用在于烘托出被摄主体本身的质感。就金属而言，要视产品的表面加工效果来选择衬景的质感，比如被摄体表面光滑，相应地选择表面粗糙或者颗粒感强的物质（如图143、图144）。但是这不是唯一的选择，挑选与被摄体质感接近的物质也完全可以，只是一般情形下不要选择和被摄体同样质感物质。如

图143 MUN & WONG FHOTOGRAPHERS

图144 林振炎

果需要选择与被摄产品质感接近的物质来衬托，那么就需要在形态上与被摄体形成对比关系。以形态作为表现的主要手段，也是广告摄影非常好的选择之一。在形态画面的构成规律与使用上，可以借助平面构成的相关内容。这种表现方式带给照片的是一种戏剧感。这种方式不适于构筑过于纤巧的形态，成本与效果不对等。

色彩在构图章节中讲过，此处谈到色彩是基于材料的质感而言。当所选材料质感接近于被摄体时，又不想以形态为拍摄切入点时，就可以考虑色彩这一视觉元素，人为加工的色彩或者本色材料都可以作为环境背景的材料（如图145）。人为色彩大多会以纯色为主，较复杂的复色则较少被采用（成本问题）。本色材料是这一方法在现实中使用较多的。

图145 廖世苍

第二节， 表现玻璃

玻璃制品或玻璃材质的容器是广告摄影当中的另一大题材。玻璃晶莹剔透又富迷幻色彩，是非常适于塑造光与影的。玻璃制品的形态、加工方式、表面效果是极其丰富的，也是我们现实生活中应用最广泛的材料之一。如果不考虑其他因素，从透光性来看，玻璃器有透明、不透明的区别，从表面加工来看，有高反光、亚光的区别（喷沙）。作为某个特定的器物，玻璃的这些特性可能体现出单一性，也可能是多个特性集于一身。以摄影表现玻璃制品要视具体要求来确定拍摄的方法。普通的玻璃器（如水具、茶具、酒具等），基本特点是：光滑的表面、简练的外形、无色或比较淡的单色材料（区别于玻璃料器）（如图146）。表现这类器具时基本以体现透明感为普遍方法，在布置灯光时会安排在器皿的后方和相机面对相立。这样安排灯光的好处是：器皿有一个近于完美的视觉印象，因为玻璃器皿看起来质地非常均匀，是工艺质量好的体现。如果想表现器皿明亮且具有工业感的轮廓线时，就需要将灯光放置在物体的两侧后方，再安排一个顶光把顶部的轮廓体现出来，就会有一个明亮的轮廓线（如图147）。这两种方法共同的特点是围绕着器皿轮廓进行拍摄。

为什么不在物体的侧面（45°角）打光？在这个角度布

图146 学生作品

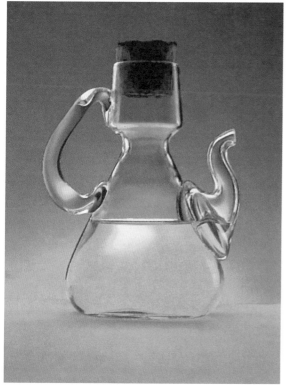

图147 MASTER PHOTOGRAPHS

置灯光有个条件：就是需要在器皿内放置半透明液体才可以。因为液体可以减弱甚至阻挡光线，否则光线将在器皿的壁之间形成多次反射，其结果就是会在成像上形成杂乱的光斑。如图148，从瓶体上的光斑就可判断出灯光的入射角度，也同时可看到瓶体中反射形成的杂斑。是不是玻璃就不能使用这个角度的光线呢？请看图149，图中的布光与上幅类似，但环境条件的改变带来了不同的效果。玻璃的特点是既透光又会反射光线。在拍摄时不要忘记了这一点。

上面所讲到的玻璃特点是日常中的一般状态，当玻璃作为其他产品的容器时，它的形态、表面工艺处理、用料的方法是多样化的。这些加工方式产生出的容器，结合所装的不同用途的液体，给人的感觉其实是非常丰富的。比如香水给人华丽高贵的印象，啤酒给人质朴的感觉……而这些只是大的类别划分，具体到某个产品却都有自己独特的个性，需要针对产品的个性来确定表现方式（如图150）。再有的是随着聚合材料的开发和广泛的使用，类玻璃效果的包装容器非常盛行，因为成本的因素，这一类商品的拍摄在光影处理上等同于玻璃。

玻璃这种材质在拍摄上除了以其本身特性为表现途径之外，就是赋予它情感或说是情调。因为玻璃本身非常多彩，在拍摄时最需要的是知道如何控制它的色彩。

在拍摄不同液体商品的容器时：

1. 以水或者冰来作为伴侣的玻璃瓶。谈到水，我们不要以为单纯指真实的水，我们只是需要做出〝水〞的效果就可以了。而表现水与玻璃容器瓶的关系有这样几种情况：

a 当被表现的商品品性具有委婉、温柔感的特性时，

图148 学生作品

图149 HANS HILL

图150 ALEX SZABZON

163 第六章 ◆ 以对比的方式拍摄——典型性物品

图151 学生作品

图152 SETE DI CUPRA VISO

如图151，一般会采用真实的水来辅助拍摄。在广告摄影中使用真正的水需要具一定的量，因此同时还需要一个大小适当的无色透明水槽，多为有机玻璃、玻璃等材料制造。最好经过无反光处理（如图152）。

b　当商品的品性属于激情、动感时，由于水比重比较大，飞在空中时速度过快，相机的快门速度无法扑捉到它的完美形态，在结成影像上容易呈现出虚的现象。而油的比重小在空中滞留的时间比水要长，而甘油无色，理所当然地成为摄影中水的替代者，有

图153 BARRY SEIDMAN

色的油（或调色）要考虑色泽与商品液体是否相同（如图153）。

c 冰在广告摄影当中经常伴随着威士忌、啤酒、香水、碳酸饮料等商品，这主要因为生活中我们就是这样消费的（如

图154 载《世界传奇广告摄影》 吉林摄影出版社

图154）。影像中的冰大多数是采用聚合材料制作的，甚至是由专人设计雕刻而成的。不过也有使用真冰的时候，这主要看拍摄者的拍摄意图如何。真冰在灯光下融化速度很快，所以比较少被采用。再有就是塑造＂冰＂的感觉，而不出现冰的具体形象，这种表现方法主要应用于夏季中消费的商品，形象上以细密的水珠来体现。水珠通过喷壶喷洒水或者水与甘油的混合液体，喷洒时不要试图一次完成，尽量保持液

体均匀地在物体渐渐形成水珠，还要观察水珠形成过程的状态，避免喷洒过量导致出现流淌现象，影响拍摄效果。如果在影室内有配备冰箱，可以准备若干的被摄体放入冰箱，一段时间后拿出拍摄。刚刚从冰箱内拿出的物体是不会有水珠出现的，需要隔一小段时间。这种做法的好处是：形成的水珠非常的自然且分布均匀；缺点是保留时间较短、水珠体积小，需要事先安排好灯光、环境、反光板等按击快门前所有准备，当水珠形成理想状态时马上拍摄。

2. 以现实生活中的场面来**烘托玻璃**，表现玻璃除了上面讲到的方法之外，就是以这种方法常被使用。一个商品置身于现实使用时的环境中，这一方式对于受众是最直接的消费提示。另外就是可以在画面中营造出一种氛围，令受众在情感上有一种归属感，这无疑会令商品与消费者之间的距离更为密切。这一方法多数被应用于烈酒（40°以上）、啤酒、香水、调味料等商品，安排什么样的场景要视商品的特性和需要而定，场景的选择可以从日常生活、劳动工作、娱乐休闲截取任何一个或大、或小、或时尚、或有历史感的场面来辅助拍摄（如图155）。

图155 载《世界传奇广告摄影》 吉林摄影出版社

图156 载《世界传奇广告摄影》 吉林摄影出版社

注：玻璃容器在拍摄中往往与商品液体联系在一起，静态拍摄时容器没有变化，若进行动态（液体）的拍摄，如倾倒中的啤酒（图156），一瓶啤酒的量是有限的，倾倒时很快一瓶啤酒就会倒光了，在这中间很难保证拍摄成功。而布设拍摄对象现场时是很费时的过程，如果重新布置，工作效率就太低了，所以就需要把一些繁琐的过程固定下来比较好。目前的例子就需首先固定支架安放好，要把啤酒瓶的底部割掉然后固定在支架上，割掉的底部方便随时注入啤酒进行拍摄。相似的情况在很多时候都会出现，尽可能地把拍摄中的变数降到最低最小。这些拍摄前的准备工作，都是根据你的意念来进行的，也就是你的草图。

第三节. 学生例作

　　下面是一些在学校期间学生拍摄的一些作品（包括前面的部分图片），虽还无法和目前市场中优秀的广告摄影相比较，但可以作为大家参考的对象。朋友们也可以在呈现出的这些作品中寻找存在的问题，并从中汲取经验。

　　1.　以玻璃为主题要求的作品。酒瓶同学自己选择准备并独立构思及布光至最后完成（如图157—图163）。

图157

图158

图159

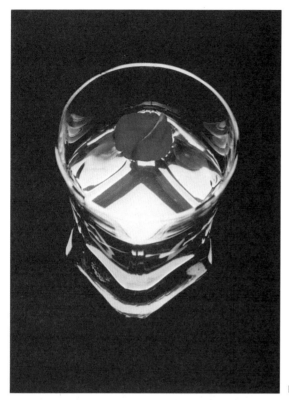

图160

图161

图162

图163

图164

2. 以金属材质为主题的拍摄。（如图164—图170)

图165

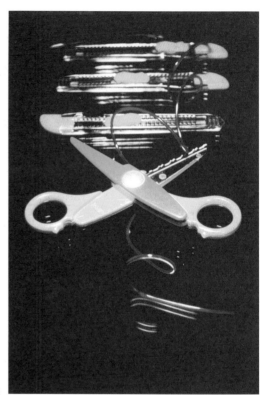

图166

图167

图168

图169

图170

3. 以蔬菜水果等自然产品为主题的拍摄（如图171、图172）。

图171

图172

4. 自由选择主题对象的拍摄。 （如图173—图185）

图173

图174

图175

图176

图177

图178

图179

图180

图181

图182

图183

图184

图185

5. 与设计创意相结合的影像（如图186—图201）。

　　这些图片和前面所介绍的稍有不同,区别在于前面介绍的是基于商品的概念,而下面介绍的则是与设计意图结合紧密地图片拍摄与运用。它们的特点在于单独看图片时,图片的信息指向并不很明确,需要与文字或其辅助性手段结合起来,才可以明了图片的信息含义,这种图片形式本身是平面广告设计语言。而前面所介绍的图片形式,是广告设计中信息传达的组成部分。

图186

图187

Chinese characters pattern

图188

Chinese characters pattern

MADE IN RUBBISH

图189

图190

图191

图192

图193

图194

图195

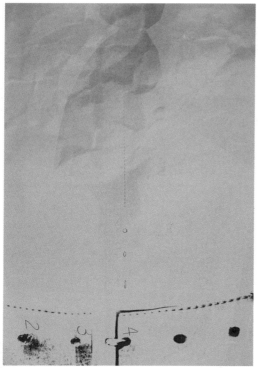

图196

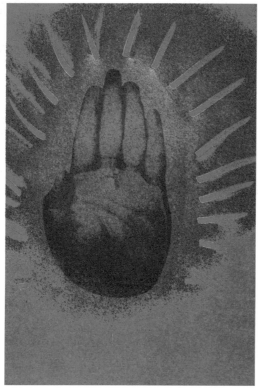

图197

图198

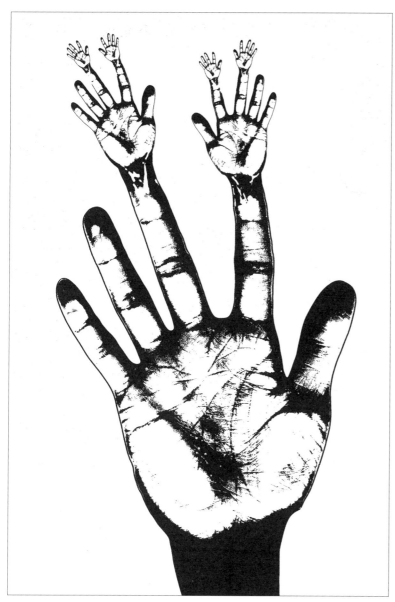

图199

图200

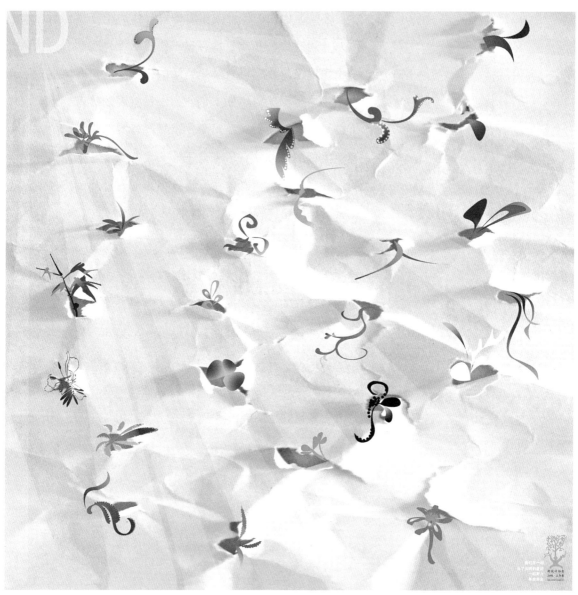

图201

这些课程中的作业或平时的设计作品里充满创意思维的活力，同时也或多或少地存在一些技术上、观念上、认识上的稚嫩以及失误，再有就是当时的条件限制。在此提供给有志于广告摄影的青年朋友们作为一种直观的参考，也可以作为自己平时练习的比照对象，发觉问题并能在自己的作品中避免类似的疏漏。它们来自于汕头大学长江艺术与设计学院同学在学期间的摄影作业或运用摄影的设计作品。在此向这些付出自己智慧、精力的同学们表示感谢！

他们有：安琦、陈涌新、陈萍萍、陈绮琳、陈广英、陈亮、陈秋敏、方玉、方汉通、林子斌、蔡奇真、蔡志素、黄诗铮、黄纪石、胡韵静、何泽锋、蓝峰、梁晓玲、刘嘉、刘恂、刘海霞、原爽、周晓阳、谢芸、毕嘉涛、邓永华、郭家欣、黄明家、李华乐、李沛荣、吴东宇、吴健海、吴金桃、吴晓彬、翁菲、余少虹、余郁、杨洁茹、詹俊腾、张涵、朱丹燕、曾育妮、周晓扬等等。

很遗憾，由于作品保存的缘故，有些同学的姓名遗失了，在此向这些同学致歉！

参考书目及部分图片来源：

①　《苏珊·桑塔格》

②　《霍克尼论摄影》

③　《亚当斯论摄影》

④　PASSION & LINE

⑤　WITNESS

⑥　GRAHIS

⑦　MASTER PHOTOGRAPHS

⑧　ART DIRECTORS' INDEX TO PHOTOGRAPHERS 23 (ROTOVISION)

⑨　THE NEW HISTORY OF PHOTOGRAPHY (Michel Frizot)

⑩　ART DIRECTORS' INDEX TO PHOTOGRAPHERS 15 (AMERICAS ASIA ASTRALASIA)

后记

感谢靳埭强先生为学院带入的教学新理念、新举措，以及杭间教授对学术氛围的引领。限于本人水平的原因，此书未必能够体现出这一机遇的成效，希望能对这一领域有兴趣的朋友起到些抛砖的作用。感谢韩然的催促，否则成书遥遥，尤其对于不擅文笔的我。感谢夫人李淑敏在过程中的诸多建议和帮助。感谢毕嘉涛同学在排版和封面设计上所做出的努力与辛苦。

汕头大学长江艺术与设计学院

2007年10月19日　余源